ベリーズ文庫

イジワル同期とルームシェア!?

砂川雨路

STARTS
スターツ出版株式会社

目次

プロローグ

マンション三十階の一室とコインパーキングを三往復。

七月のある日、時刻は深夜一時。私はさすがに疲労を感じていた。

レンタカーはセキュリティの関係でマンションの居住者用駐車場には入れず、徒歩五分少々のコインパーキングに置いてある。

エレベーターで地上に下り、重たい段ボールや布団《ふとん》なんかを手に、よちよち歩いて車へ向かう。結構重労働ですけど。

一ヵ月しか住んでいなかったのに、部屋にあった私の荷物は思いのほか多く、もう一往復は確実に必要だと思う。真剣に断捨離を考えなければならない。

コインパーキングからも見上げられるほどの高層マンションに、私は再び足を踏み入れる。

ここは某ヒルズのレジデンス棟。

本来なら、私みたいな二十代女子がさらっと暮らせる場所じゃない。

「おい、ブン。これでもう終わりか?」

リビングの入口で室内を見渡していると、横で同期の青海元希《おうみもとき》が問うてきた。

最後の荷物であるボストンバッグを手にして、私は頷《うなず》いた。

「うん。おしまい」

「鍵はどうする？」

「私が出たら換えるとは思うけど、あとで郵送でもしようかな」

青海が肩をすくめた。あきれたようにため息をついて。

「百個くらいコピーしてネットで売ったら？『今ならヒルズの御曹司宅に入り放題！』って」

「そんな闇商売できないっつうの。捕まるっつうの」

一ヵ月暮らした豪華な部屋は、私のものがなくなっても表情が変わらない。

むしろ、庶民的で女子くさい私物がなくなったら、ラグジュアリーな本来の姿に戻ったかのように見える。

きっと、あの人はこの部屋に戻っても、私の存在は欠片《かけら》も思い出さないんだろうな。

未練を振りきるようにリビングに背を向けた。

靴を引っかけて、青海に続いて部屋を出る。

鍵を閉めると、しみじみと思った。

私とあの人の恋は終わったのだ。たった三ヵ月の、夢のような恋。

幸福な時間は矢のように過ぎていき、今、私は荷物を抱え、彼と暮らした部屋をあとにしようとしている。

涙が滲《にじ》んだ。喉《のど》の奥にはざらざらの砂が詰まっているようで、胸までギチギチと痛くて、もう立っているのがやっと。

「おい。ここで泣くとかセンチメンタルなの、やめろよな」

先に立って歩く青海が振り返った。

人の感傷をぶち壊す意地悪な発言じゃないですか、あなた。

「女々《めめ》しいぞ、ブン」

「女々しくたっていいじゃん！　私、女だよ！」

私は溢《あふ》れてきた涙を乱暴に拭《ぬぐ》った。泣きたいけど、泣いたらもっと惨《みじ》めになることはわかっている。

十メートルほど先を行く青海の背を追いかけ、もう来ることはないであろうセレブリティマンションの廊下を走りだした。

私、古町《ふるまち》文《あや》、二十五歳。

このたび、我が社の社長の息子に振られました。

シンデレラはいないのだ

青海元希の部屋は、汐留《しおどめ》の駅近マンションの一室という好立地だった。天下のヒルズ様ほどではないにしろ、高層マンションの十五階。新橋《しんばし》にある会社まで
でも歩いて行ける。

すごいじゃないですか、私の同期。

「おじゃまします」

部屋に一歩踏み入れ、最初の荷物であるボストンバッグを床に下ろす。

布団を担いで置き場を探している青海に向かって、まずは正座。三つ指をついてご挨拶《あいさつ》する。

「しばらくご厄介になります」

諸事情により、私、この同期様に拾われまして、少しの間お世話になる約束をしております。

「挨拶はいいけど、布団置きたい。湿気多くない？　この布団。すげー重い」

「失礼な。湿気っぽくないわ！」

「もう、疲れたから置いちゃえ。おい、こっちのひと部屋使ってないから、ブンの荷物入れとけ」

青海は私の挨拶も抗議もさらりと流して、布団をリビングの床にどさりと下ろす。隣の部屋なら運んじゃってよ。

私は自分のボストンバッグをふすまで仕切られたその部屋に入れると、布団の端っこを押し、雑巾がけよろしく室内に突っ込んだ。もう持ち上げるのも手間。

だけど、レンタカーにはまだ私の荷物が積まれてある。

現在深夜二時だけど、それをすべて出さなきゃいけない。

レンタカーは明日の午前中、半休を取った私が返しに行くことになっている。

はぁ、面倒だよ。

恋が終わって、なんにも始める気がないのに、生活は待ってくれない。

「おい、ブン。ちゃっちゃと済ますぞ」

「ねえ、青海。そのブンってあだ名やめて。それで呼んでるの、青海くらいだから」

「文だからブン。そのままじゃん」

「アヤです、私の名前は。ブンじゃありません」

入社以来かれこれ二年、青海は私を『ブン』と呼んでいる。この女らしくないあだ名、私とっても嫌なんですけど。

中高と女友達ばっかりだったから、そういう妙なあだ名で呼ばれることは、ついぞなかったというのに。

青海はふんと鼻で息を吐き、答えた。

「呼び方についてはまた別途考えるとして、とにかく荷物持ってくるぞ。早く寝たいんだよ、俺は」

はーい。同感、共感。私だって、一秒でも早く寝たい。

心身ともにボロボロでございやすよ、へへっ。


青海に手伝ってもらって荷物をすべて部屋に入れると、シャワーを借り、メイクを落として自前の布団に入った。

青海から借りた部屋は、リビングに面した四、五畳のフローリング。荷物と布団を入れたらいっぱいだけど、今の私には眠る場所があるだけありがたい。

半休をもらったとはいえ、明日も仕事だ。早く眠っちゃおう。

……なんて思うときほど眠れないのだ。

私の脳裏には、この三ヵ月の儚《はかな》くも楽しかった恋の記憶が浮かんでは消え、かつ戻り……つまりは眠気が訪れる余地ナシ。

失恋の傷はまったくのグジュグジュ生乾き状態。痛くて苦しくて、眠りにすら逃げられない悲惨《ひさん》さ！　哀《あわ》れ、古町 文！

「こんなはずじゃなかったのになぁ……」

私は呟《つぶや》いて、こめかみに伝い流れた涙を拭った。

＊　＊　＊

「古町さん、いつもありがとうね。ところで今日の夜って空いてる？」

我が社の御曹司・薗田大士朗《そのだだいしろう》がそんな誘い文句をかけてきたのは、今から三ヵ月前の四月のことだった。

入社三年目、極めて冴《さ》えない物流部の事務職ＯＬである私に。

私の勤める会社〝薗田エアサポート株式会社〟は、大手航空会社〝帝国航空《ていこくこうくう》〟のグループ企業だ。

飛行機内の備品の調達、納入が主な事業内容。

元々はホテルのアメニティなんかを手がけていて、航空会社とは関連がなかったみたいだけど、経営不振の折に傘下に入った。

帝国航空のグループなんて、そんなに簡単に入れるもんじゃない。なんでも、お付き合いのあった〝アデレードホテル〟が仲介してくれたとか。

アデレードホテルは、帝国航空グループのトップ企業だ。今でも我が社の株式の五割を帝国航空、二割をアデレードホテルが保有している。

……と、会社の話はこのくらいにしましょう。

そんな我が社の社長の息子が、薗田大士朗だった。

私のふたつ上の二十七歳。

帝国航空がメインクライアントである第一営業部所属で、今はなんの役職にも就いていない平社員。

だって、まだ若いもんね。社長の息子だからって特別扱いされる気はないんだなあって、私は勝手に尊敬していたっけ。

大士朗はちょくちょく物流部に顔を出していた。

割とおっちょこちょいなところがあって、発注ミスなんかが多い。その都度、私のところに頭を下げに来る。事務方の私はそれを修正したり、返品処理をしてあげたり。

それが食事の誘い文句に繋《つな》がったんだと思う。

私の身長は百五十五センチで、スタイルは人並み。肩までの髪は癖っ毛で、毎朝丁寧にコテで伸ばしてあげなきゃいけない困った代物。

顔もそこはかとなく普通。あと少し鼻が高ければ、あと少し唇にふんわり厚みがあれば、きっと、もっとモテたはず。

こんな容姿の、〝普通〟が服を着て歩いているような私にとって、彼の誘いは経験したことのないファンタジーだった。

最初は、いつものお礼にと六本木《ろっぽんぎ》のフレンチ。

次は、仕事の愚痴を聞いてほしいと麻布《あざぶ》のワインバー。

三回目のデートは、レインボーブリッジをお高い黒のイタリア車でドライブ。そのときに言われた。

「ねえ、古町さん。僕たち付き合ってみない？　……好きになっちゃったみたいなんだ、君のこと」

イタリア製のオープンカーの助手席で、夜の潮風を受けながらそんな告白をされて、落ちない女の子っている？

私は落ちた。

すってんころりん転がり落ちた。

横でハンドルを握る大士朗は、背こそ高いけれど、ものすごいイケメンというわけじゃない。フツメンの部類だ。少し長めの髪は、爽やかというよりこだわりが強そうに見えるし、目は一重《ひとえ》で細い。筋肉は薄くて、男らしい身体つきでもない。

だけど、それを補って余りある経済力！

そしてなにより、私を愛してくれているってこと！

今までの恋愛で、お世辞にも男運がよかったほうではない私には、〝愛〟の一文字は大事なポイントだった。なにしろ、ひとつ前の恋愛なんか、完全に騙《だま》されていたというレベルだったし。愛されないことに関しては、妙な自負がある。

「はい、大士朗さん。でも、私でいいんですか？」

私は普通のどこにでもいる女子ですけど。

御曹司のお付き合い相手には、ふさわしくないと思うんですけど。

大士朗は笑って言った。

「古町さんの普通な感じが安心できていいんだよ。僕の家庭は息苦しくてさ」

そうか。御曹司なんかに生まれちゃうと、そんな悩みもあるのかもしれない。普通百パーセントの私に癒《いや》しを感じるのも納得だ。

御曹司の彼と、普通の私。

夢みたいなシンデレラストーリーが始まった。

最初の二ヵ月の思い出は、数々のデート。話題のスポットはもちろん、普通の二十代では手が出せないラグジュアリーな店にも連れていってもらった。オッシャレーなホテルのスイートにお泊まりだってした。

私のひとり暮らしのアパートの更新期限が迫っていると言ったら、『じゃあ、僕の部屋においで』とヒルズのマンションに招いてくれた。

しかしその頃から、大士朗の様子は変わり始める。

せっかく一緒に住みだしたのに、マンションにはほとんど帰ってこなくなり、あちこち連れだしてくれることもなくなった。

元々、目黒《めぐろ》区に大きな実家があり、そちらから出社してたみたい。

おかしいなぁとは思っていたんだよね。

でも、私も能天気だから、『釣った魚にはエサをやらないタイプ?』と、たいした危機感も持たなかった。

そして事件は起こった。

まあ、昨日のことね。

「文、別れてくれない？」

昼休みだった。

ランチに呼びだされ、なんの前置きもなく言われた別れの言葉。

「え？　なんで？」

間抜けにも聞き返した私を、大士朗は困った顔で見つめた。

「僕、婚約が決まったんだ」

……婚約？

その言葉にまずは凍りついた。

次に、私たちの置かれた状況を理解した。

ああ、やはり彼は御曹司。親の決めた相手と一緒になるしかないのね。

聞けばお相手は、同じグループ会社の〝洋々《ようよう》ケータリングエア〟の社長令嬢。

機内食を扱い、グループの中でも数少ない上場している企業だ。

もし我が社になにかあったら、まず引っ張り上げてくれそうなところとご縁を結ぶわけだ。

だけど、理解はできても『はい、そーですか』と納得はできない。私の気持ちは別れを飲み下せない。

「大士朗、私……二番目でもいいんだよ」

思いきって言った。

だって、そうでしょう? 愛し合うふたりが引き裂かれるなんて、ひどいでしょう?

それなら、どんなかたちだって、大士朗と繋がる道を選びたい。

「二番目だなんて、そんな自分を軽《かろ》んじることを言っちゃダメだ。僕は文に幸せになってほしいんだ。だから、愛しているけれど君から離れる」

大士朗の苦渋の表情に、涙を飲み込んだ。彼だってつらいんだ。

でも嫌だよ、離れたくないよ。

そんなやり取りを何度かしたけれど、結局、私は別れを了承した。

今週末には部屋を出てほしいという要請も、素直に受けた。

涙のランチタイム……といっても実際は涙を堪《こら》え、とにかく別れ話を終えてオフィスに戻ったものの、私に力はなく、午後は死んだように仕事をしたのだった。

私が所属する物流部は、商品の現物の搬入や管理があるため、オフィスビルの横の二階建ての倉庫兼事務所に詰めている。

二階の事務所でノロノロと仕事をするうち、私以外の社員は誰もいなくなっていた。

物流部は帰宅時間も早い。集荷は十七時ストップだもん。

でも、私の仕事は終わっていない。

「はぁ～」と深いため息をつくと、建て付けの悪い事務所のドアが、どかっと開いた。

「明かりが点《つ》いているとは思ったけど、いるのはブンかよ」

そこに現れたのは、同期の青海元希だった。

青海元希、二十五歳。はっきりした二重《ふたえ》まぶたと、高い鼻梁《びりょう》。下唇が少し厚いのが不機嫌そうでクール、と女子社員に人気だ。

入社当時からずば抜けて出来がよく、たった二年で第一営業部のエースに成り上がったこの男。なんと、その若さで大士朗のサポート役でもある。

御曹司と公私ともに懇意な彼は、ゆくゆくは会社で要職に就くのでは、ともっぱらの噂《うわさ》だ。

「なによ、私じゃ悪いんかい」

私は半ば自棄《やけ》になっていて、普段の百倍くらい無愛想《ぶあいそう》な声で答えた。

「うお、機嫌悪っ。ま、いーや。明日の朝一で、この荷物送ってほしいんだけど」

「羽田《はねだ》に直接納入すれば？　青海が持っていってさ」

投げやりな回答に、彼があきれた顔をする。

「それができれば苦労しない。明日の朝は仕入れ先の会議なんだよ。ほら、ブンの権限でどうにか荷物に紛れ込ませろ。伝票はもう書いてきたから」

この青海元希というやつ。同期の出世頭だし、顔もいいし、少し低くてよく響く声なんかは結構な私好みなんだけど、いかんせん気が合わない。

「早く仕事終わらせて帰ろうぜー。ブンは彼氏いるんだろ？　仕事ばっかかしてると逃げられるぞ」

あはは、という笑い声がカンに障《さわ》る。こういう無神経で意地悪な物言いをするんだよね、こいつ。

特に私に対しては、会うたび必ず気に障ることをふたつ三つ口にする。

今だってそうだ。……このタイミングで最悪の地雷を踏むなよ。

青海が笑いやんで、こちらを窺《うかが》うように覗《のぞ》き込んでくる。

「ブン。泣いてんのか？」

どうやら我慢していた涙が、臨界点を超えた様子。私の頬には熱い川が流れていた。

なにも青海の前で泣かなくてもいいのにね。

だけど、溢れだした涙が止まらず、床にうずくまった。

「どうした？　おい、ほら、話聞いてやるから」

青海は自分が泣かせてしまったのか、と慌てているようだ。しょっちゅう意地悪されているとはいえ、彼の前で泣いたのは初めてだ。

「余計なお世話だよ！　青海のくせに——」

文句を言いつつ、私はこの三ヵ月の出来事を涙ながらに語っていた。

なにしろ、大士朗にはふたりの付き合いは口止めされていた。

『立場があるから……』なんて言われたら、誰にもこの恋を話すことはできない。つまりは失恋の痛みを口説く女友達すらいないってことなのだ。

「おまえ、薗田大士朗と付き合ってたのか？」

私の前に屈《かが》み込んだ青海が、信じられないといった表情で問う。

大士朗と仕事ではパートナー的な関係の青海だ。相棒のセレブ御曹司が、同期の中でも地味レベル生え抜きの私と付き合っていたなんて、驚くに違いない。

「うん。でも婚約が急に決まって……。しょうがないよね、大士朗は将来この会社を背負って立つ身だもん」

青海の表情が訝《いぶか》しげなものに変わる。

その変化に私は泣きやみ、彼の顔をまじまじと覗き込んだ。

「あのさ、薗田大士朗の婚約は急に決まったことじゃないよ？」

「え？」

「洋々ケータリングエアのお嬢様とだろ？　それなら、去年の今頃に決まったことだけど」

青海が無遠慮に事実を口にした。私は思わぬ返答に目を剝《む》く。

婚約が決まったから、私たち、別れたんだよね。

去年から決まっていたなら、がらっと意味が変わってくる。

「あとさ、この会社を継ぐのも薗田大士朗じゃないぞ。後継者は総務の毬絵《まりえ》さんだよ。あいつのお姉さんの」

確かに、総務部には大士朗のお姉さんがいる。

薗田毬絵さん。美人で才媛と名高い三十二歳。

広報企画部の安島《あじま》部長と婚約しているのは、私みたいな下っ端でも知っていることで……。

「もしかして、この会社を継ぐのって安島部長？」

「毬絵さんと二人三脚で、って社長は話してる。これ、営業部では周知の事実」

つまり、私が付き合っていたのは、御曹司ではあるけれど後継者ではない人。

あれ？　おかしいな。

大士朗は常々言っていたんだけど。『後継者は重責だよ』なんて、ワイングラスを片手に。それも……嘘《うそ》だったってこと？

「そもそも薗田大士朗の評価って、ブンは知ってるのか？　仕事はできないわ、女癖悪いわで有名なドラ息子じゃん。今の俺の役割だって、半分はあのバカ御曹司のフォローだぞ。プライベートまではフォローしてないけど、まさかブンに手を出していたとは」

ズバズバと新情報を突きつけてくる青海。

さっきから抱いていた違和感はこれだ。

青海は仮にも先輩の大士朗を、呼び捨てにしている。きっぱり『バカ御曹司』とも。

彼の中で、大士朗の存在が非常に低い位置にあるのは間違いなさそうだ。

「社長は早い時点であいつを縁組みして、婿に出しちゃおうって腹があったみたいだな。婿入り先なら下手《へた》打てないし、嫁さんには洋々ケータリングエアの後継者になる兄貴がいるから、あのバカが相手先の会社を継ぐってことにはならない。大士朗の結婚は、体《てい》のいい厄介払いだよ」

えーと、にわかには信じたくない事実が目白押しなんですけど。

それらを総合すると、私と大士朗の恋って……もしかして。

「言いにくいけど……あ、そうでもないか。もうはっきり言うけど、ブンは大士朗に遊ばれてたんだよ。結婚秒読みのあいつにとっては、ちょっとつまみ食いできそうに見えたんだろうな。さらには結婚後の愛人枠からも落選してるし」

「愛人枠？」

「部屋から出ていけって言われたんだろ？　結婚後のおめかけさんには不適格ってこと。たぶん来週には、新しい愛人候補がその部屋に入るぞ」

「なんで、そんなことわかるの⁉」

いきり立つ私に向かって、青海がにっと笑った。いっそ清々《すがすが》しい笑顔だ。

「えー、薗田大士朗坊《ぼ》っちゃまの今夜のご予定は、本社受付の鈴木侑香《すずきゆうか》ちゃん二十三歳と銀座《ぎんざ》でお寿司で～す。さっき、愛車でお迎えに来てた」

『嘘』と言葉にしたつもりだった。

声にならなかったけれど。

「なんなら見に行く？　銀座の〝十三兵衛《じゅうさんべえ》〟だからタクシーですぐだ」

頭の中では青海の話を全否定したい自分がいる。

大士朗はそんな男じゃない。きっとセレブで優しいから、まわりに嫉妬《しっと》されてそんな噂がたってるんだ。

青海も大士朗が羨《うらや》ましいから、悪い噂を広めようとしてるんだ。

「……寿司屋のカウンターなんかにいたら、すぐにバレるでしょ?」

裏腹に、大士朗の裏切りを確認しに行く気満々な私。そんな自分に驚く。

信じたくないと思いつつ、真実を知りたい気持ちがむくむくと湧いてくる。

「お忍びセレブは個室で寿司でございますよ、ブンさん」

青海が知ったかぶって、ニヤニヤ答える。

「個室じゃ、こっちが見つけられないじゃん」

「侑香ちゃんと早くエッチしたい大士朗坊っちゃまが、寿司屋に長居するわけないな。外で張ってりゃ簡単に見つかるって」

その言葉に、私はオフィスチェアから立ち上がっていた。

青海の口車に乗せられたわけじゃない。

ただ確認したかった。

私が好きになった人が、一瞬でも将来を夢見た男が……最悪の裏切り者じゃないっていう事実を。

タクシーで現場に乗りつけた私と青海は、その約一時間後に、銀座の超高級寿司店の門構えから出てくる男女を発見する。

それは紛れもなく大士朗と、受付の新人・鈴木さん。

背の高い大士朗は、小柄な鈴木さんの腰に窮屈《きゅうくつ》そうに腕を回している。

有名なファストファッションのショップが入っているビルの陰から、その光景を目撃している私は、震える声で言った。

「鈴木さんにこの上なく似てるけど、あのレディが大士朗の婚約者の社長令嬢ってことは……」

「うん、ねーわ。完全にねーわ。それに俺、受付係の小森《こもり》先輩に相談されてんだよね。鈴木さんが御曹司に引っかかってるかもしれないって。ほら、あいつ会社の内情や自分の評価をよく知らない若手の女子社員を狙うからさ」

それには私も含まれるんでしょうか。

そうでしょうね、はい。

でも、私が別れを切りだされたのが今日の昼であることを考えると、大士朗がちょっと前から鈴木さんに粉をかけていたことは明白だ。

ふつふつと怒りが込み上げてくる。

悲しい別れを演出したのは、後腐れなく〝お家を守るべく別れるふたり〟を熱演するためだったのだ。

ふたりはイチャイチャと密着しながら、近くの立体駐車場に向かう。間もなく出てきたのは高級ドイツ車。日本円だとウン千万円のお車。

ほほう、私にはイタリア車。新しい愛人候補にはドイツ車ですか！

前の女と被らないようにってか？

それとも、浮気の証拠が車中から出ないように、相手によって車を変えてるんですかい？　女の数だけ車があるんですかい⁉

しかし、私の怒りはここで頂点だった。

シルバーのドイツ車が夜の中央通《ちゅうおう》りを颯爽《さっそう》と……いや、しっかり渋滞に巻き込まれつつ去っていくのを眺めると、アスファルトにへたり込んだ。

恋が正式に終わった瞬間だった。

恨《うら》みごとを言いたい相手は、新しい愛人候補とこれからお高いホテルのスイートでイチャコラするわけで、裏切りを今さら知った間抜けな私に成す術《すべ》はない。

「古町　文さん、遊ばれちゃったご感想は？」

横に屈み込んだ青海が、最高にムカつくお言葉を吐く。

マイクの代わりに突きだされたペットボトルを叩《たた》き落とし、私は顔を歪《ゆが》めた。

たまらなく情けなくて、とにかく泣けてくる。膝《ひざ》を抱え、わんわん泣いた。

私に残された当座の仕事は泣くことだけ。

もちろん、銀座のど真ん中なので、周囲の視線が降り注ぐ。泣きじゃくる私を引っ張って、青海が路地裏に入ったのは自衛のためだと思う。

腰丈の車止めにお尻を引っかけて、彼が口を開いた。

「で、おまえ、どうすんの？」

「どうするもなにも、失恋したんだけど！　どうにもできないっつうの！」

やり場のない怒りと悲しみで、青海に食ってかかった。

青海は「どうどう」と私を押さえながら、至極冷静に質問してくる。

「気持ちの問題じゃなくて、現実問題。おまえは大士朗の部屋を出なきゃならないんだろう？」

「うっ……」

そうだ。泣き暮らす前に、ヒルズ族の一室から出なければならない。

もういっそ、あの部屋、慰謝料代わりにもらっちゃおうかな。

いや無理だな、さすがに。億単位のマンションだもん。億。

「行くところあるのか？」

「しばらくは、ウイークリーやマンスリーマンションに入るつもり」

「金あんのかよ。引っ越し費用や、家賃は」

ないわけじゃない。

だけど社会人三年目、ひとり暮らしの私にたいした蓄えはなく、正直厳しい。

大士朗の部屋になんでも揃《そろ》っていたから、ほとんどの家具や家電も売ってしまった。

買い直すよりは、値は張っても家電付きのウイークリーマンションを利用するほうが安く上がりそう。

その間に、新しい部屋を探そう。そうやって、この虚《むな》しい結末の恋を忘れよう。

「いい提案があるんだけど。家賃がかからない部屋があるとしたら住みたいか？」

青海が思いついたように言った。

私は建物の壁に寄りかかり、ため息をつく。目の前に横たわる現実に、涙はすでに止まっていた。

「あのさぁ、男に騙されたばっかりで、そんな怪しい話に飛びつくと思う？」

「怪しくはない。だって、俺んちだもん」

「はぁ⁉」

いっそう変な顔をして、青海を見つめる。

彼は自分がおかしなことを言っているとは思っていない様子だ。

「俺のマンション、伯父《おじ》が海外で仕事している間、借りてるんだ。だから広いし、会社に近い。空いた部屋もある。伯父も向こう三年は帰ってこない」

私は慌てだす。このお方、根本が間違っていませんかね？

「いやいや、ちょっとお待ちを、青海氏。私、一応女ですよ」

「ま、分類上な」

分類どころか、水弾くお肌のキュートなお年頃女子じゃい！

あ、盛りすぎました。普通に女子！

「同病相哀れむってやつだよ」

青海はため息交じりに言う。

「俺もあのバカ御曹司には苦労させられてる。後輩でサポート役って時点で、ただの尻拭い要員だからな。あのバカに泣かされてる仲間として、ブンを放っておけない」

「いや、でも」

「俺が早く気づけていれば、ブンからあいつを振ってやれただろ？　こっぴどく罵《ののし》って、慰謝料くらい請求できたかもな。勝手だけど、バカを野放しにした責任を感じてんだよ、こっちは」

青海に含むところはなさそうに見えた。

実際、青海が裏のある話をするわけはない。仕事では駆け引き勝負のやり手でも、基本的に同期や後輩にはすこぶる誠実でいいやつなのだ。

そりゃ、私には気に障ることばかり言う。気が合わないとも感じる。

でも二年間、同僚として付き合ってきた青海元希という人間に、多少の信頼はある。

「確かに、青海は同期の中では仲がいいほうだし、飲み会ではだいたい同じ輪にいるし、友達も共通してるし……。仕事の面では、頼りにはなる……と思ってる」

「だろ？　俺の提案なら信用あると思わない？」

それでも、私たち男女なんだよ？

ひとつ屋根の下に男女って、流行の設定かもしれないけど、その設定、のちに確実に恋仲になってるから！

たとえ恋は生まれなくても、過《あやま》ちのひとつくらい起こっても不思議ではなく……といった不安要素を口に出せずにいる私。なんか、自意識過剰っぽいじゃない。

すると、先まわりして青海が言った。それはもうカラッと明るい口調で。

「あ、安心しろ。ブンに手を出すほど、餓《う》えてないから」

〝餓え〟……。

飢餓状態でないと、私なんか食べる気しないってか？

悲しみも吹っ飛び、頬をひくつかせながら答える。

「そんな心配してないし。青海を男として意識してたら別だけど」

「あー。じゃあ、ちょうどいいじゃん」

自分で言いきった言葉で、ダメ押しをしてしまったみたいだ。

青海はなんでもないことのように言った。

「引っ越し費用と新しい部屋の敷金礼金が貯まるまで、うちにいればいいよ。男として意識してないなら問題ナシだ」

ううう。意識はしてないけど、一般論として警戒はしている。

この戸惑いも私だけのようで、彼はサバサバと付け加えた。

「俺もブンのことはまったく異性として見られないから、お互い楽だよな！」

はい。失礼なお言葉、もう一丁いただきましたー。

だんだん、どうでもよくなってきた。そこまで言うなら、試しにおじゃましてやろうかしら。

「本当にいいの？」

青海は黒い短髪をかき上げて、精悍《せいかん》に笑う。クールに見える厚めの下唇がきゅっと横に引かれ、途端に愛嬌《あいきょう》が出るから不思議だ。こいつの笑顔、人気あるんだよなぁなんて、どうでもいいことを思い出した。

「同期のよしみ。バカ御曹司被害者会の仲間。あとは、ブンなら楽しそうだからルームシェアもいいよ」

正直、納得はいっていない。

だけど、行くところがなく、お金も乏しい私には、渡りに船だ。

相手はムカつくけど信頼はできる同期。

生活ペースが合わなかったら即、引っ越せばいいか。

「それじゃあ、お言葉に甘えまして……よろしくお願いします」

私は精いっぱい、しおらしく頭を下げた。

青海が駅に向かいながら言った。

「今夜中に荷造りしとけ。明日の夜、引っ越し手伝うから」

＊　＊　＊

こうして、冒頭に戻るわけですよ。

怒涛《どとう》のこの二日間を頭の中でおさらいしているうちに、私は疲労から眠りに落っこちていった。

ああ、眠ったら『全部夢でした』ってことにならないかな。

……ならないよね、うん。


どんなに寝つきが悪くても朝はやってくるわけで、見慣れない天井に違和感を覚えつつ目覚めたのは、朝七時だった。

めっちゃ眠い。

目はショボショボだし、身体は鉛《なまり》のように重い。手足を動かすのもだるい。

のそのそと起き上がり、部屋のふすまを開けようとしてふと考える。

おや？　今このまま起きていったら、超どスッピンを青海に見せることにはならないかね？

ふすまの向こうのリビングでは水音がする。青海が起きていて、キッチンにいるのは確かだ。

昨夜はスッピンをほぼ晒《さら》さず、先に部屋に入った。青海はシャワーに行くタイミングだったから、私を注視していなかったし。

でも、今ふすまを開けたらいろいろ見られる。

どスッピンも、Tシャツにジャージという色気ゼロの寝間着も。普段はコテでストレート風に落ち着かせているけど、今はウネウネだろう癖毛も。

いや、私、少し自意識過剰なところあるよ。

男子は女子ほど相手の外見をチェックしないみたいだし、青海が私に興味がないのは明白。私がどんな寝起きの姿でも華麗にスルーされるに違いない。

私にとっても青海はただの同期！　気にすんの、やーめた。

ざざっ、と思いきりよくふすまを開ける。

「おはよう」

普通に挨拶したつもりだ。

キッチンでパンにバターを塗っていた青海が振り向いた。次の瞬間、バターナイフごと私を指差してうずくまる。

え？　なに？

どうしたの？

「ぶっ……ぶはははははっ！　ヤバい！　ブン、おまえヤバいよ！」

青海は全力で笑いだした。

人を指差しちゃいけないって、ママンに習わなかったのかしら、あなた。

「挨拶代わりに『ヤバい』って、なに⁉」

「まー、洗面所で鏡見てこい。ぶはっはっはっ！」

青海に背中を押され、廊下に出ると、左手の洗面所に入る。

「なるほど」

鏡を見て、思わず呟いた。

私の顔は目のまわりを中心に、ひどくむくんでいた。自分では耐えたと思っていたのに、予想より目が腫《は》れている。

涙のせいでこめかみあたりの髪の毛はちりちりに縮れ、何本も頬に貼りついている。慣れ親しんだ布団で寝たはずなのに、癖毛が大爆発状態で、ライオンみたいになっている。この前変えたカラーリングがさらに絶妙なライオン具合。

「ライオンみたいだろ⁉」

タオルを持って意気揚々とついてきた青海も、私と同じイマジネーションを覚えたようだ。

嬉《うれ》しくない。

「これは……借りといてなんだけど、青海のシャンプーのせいだと思うよ」

一応弁解してみる。

シャンプーもコンディショナーもヘアパックも、買い直したいから大士朗の部屋に置いてきたんだもん。

青海のメンズ感たっぷりなシャンプーを借りたおかげだ。

「うわ、顔も腫れてんじゃん。また泣いてたのかよ」

「うるさいなぁ。お見苦しいようなので、もうメイクしちゃいますよっ！」

私は青海を押しのけ、バッグの中のメイクセットを取りに戻ろうとする。すれ違うタイミングで彼が私の肩を掴《つか》んだ。

「見苦しくないって。一緒に暮らすんだし、寝起きの顔なんか気にするなよ」

狭い廊下で肩を掴まれた格好は、見上げると青海の顔が間近。思ったより至近距離で驚いた。

待て待て。私は顔パンパン、どスッピンという壊滅的顔面状況だ。他人に近くで見られて嬉しいわけはない。

「メイクする！　離したまえ！」

「悪かったよ、からかって。キャンキャン騒ぐな。ブンのパンも焼いてやるから食べろ。おまえはもう少しゆっくりしててもいいだろ」

そこまで言われて、自分が半休を取っていることを思い出した。

あ！　レンタカー、返しに行くんだったっけ。

なんだ、青海が出かけるまで、部屋にこもっていればよかったじゃん。

バカだー、私ー。

青海は私の手にスポーツタオルを押しつけて笑った。

「コーヒーも飲むだろ。顔洗ったらこっち来い」

私は頭がライオン状態のまま、じゃぶじゃぶと顔を洗い、のそのそとリビングダイニングに戻った。もういい、スッピンで。

対面式のキッチンカウンターに設置された、ダイニングテーブルの席に着く。

昨夜はよく観察できなかったけれど、青海の部屋は清潔で整っている。モノトーンの家具で統一されたインテリアは男性的で簡素だ。

ひとり暮らしのメンズの部屋にしては、なかなか綺麗《きれい》にしてあるぞ。かといって、神経質そうな感じもない。

隅に積まれた新聞や、出しっぱなしの掃除機なんかに適度な生活感を覚える。ソファには、クローゼットにしまい忘れた昨日のネクタイが引っかかっているし。

確かこの部屋は、伯父さんからの借り物だって言っていた。こまめに掃除しているみたいだなぁ。

「ほら、食べろよ。明日からは朝食は各々自由な。キッチンは好きに使ってよし」

青海が私の前に、バタートーストとミルクの入ったコーヒーをどすんと置く。

はわー、バターのいい匂い。

シンプルだけど用意してもらった朝食に、今まで忘れていた食欲が湧いてくる。

向かいに座った青海と親愛なるバタートーストに向かって、合掌。

「いただきます！」

「前から思ってたけど、ブンって飯のたびに手を合わせるよな」

すでに食べ始めている青海が言う。

「なんか習慣なんだよね」

ごはんの前に手を合わせる……子どもには当たり前でも、大人はあんまりやらないよね。わかってるけど、小さい頃から母に言われ続けて癖になってるんだ。

「いいんじゃね？　俺、そういうところ割と好きだけど」

「それはどーも」

トーストを咀嚼《そしゃく》しながら、新聞紙を広げる青海を盗み見る。

ワイシャツにスラックス。黒い短髪をワックスで不自然にならない程度に持ち上げた、いつもの髪型。すでに出社準備は万端といった感じ。

ワイシャツがボタンダウンではないから、このあとネクタイをするつもりみたい。

「あれ。青海、今朝早いの？　立ち寄り？」

「あー、うん。午前中、成田《なりた》まで行くから」

「そうなんだ」

私の引っ越しを手伝って、彼も昨夜は遅かった。私だけ半休で、なんだか悪いなぁ。

「あ、今夜さ、同居のルールとかいろいろ決めよう。夕食はピザでも取るとして」

「うん。いいよ」

「明日と明後日《あさって》はなんか用事ある？」

今日は金曜日。明日と明後日は土日で休みだ。

「土曜日、涼子《りょうこ》とランチの予定」

「金村《かなむら》夫妻の妻のほうな。俺、旦那のほうと夜飲みに行く約束アリ」

金村夫妻とは、私と青海の同期で唯一の既婚組。涼子と努《つとむ》くんは昨年、お付き合い一年、入社二年目で結婚した。この金村夫妻と私と青海は、同期の中でも特に親しいのだ。

「明後日にブンの日用品なんかを買い出しに行くか」

「それ、助かるかも」

「よし、週末の予定決定。じゃー、俺行くわ。レンタカー、大丈夫か？」

大丈夫かと聞かれると、ペーパードライバー歴七年なもんで、あまり大丈夫じゃない。都内なんて運転したことないもん。レンタカーを返すのがここの近くで土地勘のある新橋駅前だから、なんとかOKなんだよ。

青海が立ち上がる。コーヒーをぐっとあおり、食器をシンクへ。いつものビジネスバッグを持つと、私に鍵を放ってくれた。

「預けとく」

リアルなカエルのストラップ付きの鍵を、ちょっと引きながら受け取る。

青海は片手を上げて、出ていった。

うーん、この非日常をものともしない通常運転ぶり。

私は自分の食器と青海の残した食器を洗いながら、改めて考える。

なにやってんだろう、私。青海はなにも気にしていないみたいだけど、やっぱりこの状況は異常だ。

恋愛感情ナシの若い男女がひとつ屋根の下ですよ。

ここでいきなり意識し合ったり、ラブハプニングが起こったり、すんなりキスしちゃったりして、ふたりの距離が近づいていくのが定番の展開でしょ？　気づいたら恋が生まれてベッドイン、みたいな？

現実で、同期同士が一緒に住んでそんな簡単に物事が運んだら怖いわ。テレビとか小説みたいにはいかないっつうの。

「早いうちに新居を探さなきゃ」

タオルで手を拭《ふ》きながら、私はひとりごちた。

同居にあたり決めることはある

どうにかレンタカーを返し終え、早めに駅前でランチを済ませると会社に向かった。

眠気は幾分去っているものの、気分はあまりよくない。失恋直後にご機嫌なやつはいないから、当然っちゃあ当然だけど。

あー、会社はやっぱり行きたくないなぁ。

八階建ての本社ビル……ではなく、横の倉庫兼事務所に入る。

一階の更衣室で、紺のベストとスカートに、ブルーのストライプスカーフという制服を着用。

何年か前の総務の女子社員が、CAに憧《あこが》れまくってこんな制服を発注したんだと思いますよ、絶対。

エレベーターは荷物用のものしかないから、階段をトントン上がり、建て付けの悪いドアを思いっきり押して二階の事務所に入る。

「おはようございます。半休ありがとうございました」

一番奥のデスクに、田中《たなか》部長と事務職の先輩女子社員・三谷《みたに》さんがいた。

どうやら、ふたりで仲よくランチしていたみたい。田中部長の前には三谷さん手作りとおぼしきお弁当が見える。

既婚者でやや髪の薄い田中部長と、アラサーOL三谷さんは、かれこれ一年以上も不倫関係にある様子だ。

普段のお昼どきは私が事務所にいるから、こんなあからさまにラブラブランチはしない。今日は私が半休だって昨日の時点で知っていたからだろう。

案の定、想像以上に早く現れた私に、ふたりは動揺の色を隠せない。

田中部長は、愛妻ならぬ愛人弁当の証拠隠滅を図るべく、すごい勢いでごはんをかき込んでいるし、それを見せないように立ち上がる三谷さんの引きつった笑顔ったら。

「古町さん、お疲れ～。半休だなんて、珍しいね。風邪《かぜ》でもひいた？」

三谷さんはいつも優しいし、いい先輩だと思うけど、浮気は万死に値する。おいしいところ取りで、なにも知らずにいる田中部長の家族を傷つけている。

自覚ありますかー？　おふたりさーん。

失恋があとを引きまくっているせいか、普段なら『あー、バカだなぁ』くらいで流せることが一ミリも流せない。

すっごくムカつく！

大士朗にしろ、田中部長にしろ、三谷さんにしろ、どいつもこいつも腐っておりますな！

バチ当たれ！

でっかいバチ当たれ！

「経理に、昨日の伝票回してきます」

私は三谷さんの問いには答えず、まずデスクに積まれてあった仕事に手をつけることにした。体よくこの場を離れたかっただけなんだけど。

不倫カップルを残し、不機嫌に事務所を出た。階段を下り、倉庫を抜け、喫煙所の横を通って本社ビルへ。

玄関に入り、後悔した。

ああ、ここにもっと会いたくない人がいたじゃん。

「古町さん、こんにちはっ」

受付スペースに座り、笑顔で挨拶するのは、総務部庶務課受付係の新人。

そう、一昨日《おととい》の夜、大士朗とイチャイチャ寿司屋デートを楽しんでいた鈴木侑香さんだ。

童顔で、目が大きくて、ミディアムボブがコケティッシュな彼女。

あー、あのあとは、大士朗と外資系ホテルの最上階スイートでメイクラブだったのかな。

やめやめ。考えちゃダメ。

「伝票ですか？」

なにも知らない鈴木さんは、屈託なく私に問う。

話しかけないでくれーと考えながら、彼女の懐っこさはいつものことだと思い直す。

私が卑屈《ひくつ》になっていたって、鈴木さんにはビタ一文関係ない。

「そうなんだ。経理に」

「よろしければ、あとで私も用事があるのでお預かりします」

鈴木さんの申し出に、首をブルブル横に振りまくった。

「だっ、大丈夫！　うちの書類だし！　経理の山岸《やまぎし》部長に用事もあるし！」

「山岸部長なら、先ほどお昼に出かけられましたよ」

なんの悪気もない鈴木さんの返しに、あわあわと言葉を探す。

えーと、えーと。

「金村涼子にことづけしちゃうわ。鈴木さん、ありがとうね。お気持ちだけいただきます」

精いっぱい微笑《ほほえ》むと、鈴木さんが私の何十万倍も輝くスマイルを返してくれた。

可愛《かわい》いなぁ。そりゃ、大士朗だって囲うなら、美人がいいわな。

逆に言えば、なんで私だったんだろ。おいしいものばっかり食べてるセレブは、たまに珍味が食べたくなるのかな。

……やめよ。自虐《じぎゃく》すぎるもん。

受付を離れながら、ふと悪い考えが頭をよぎる。

鈴木さんに教えちゃおうかな、大士朗のこと。

婚約者と結婚秒読みなんだよー。

あなたのことは愛人にする気だよー。

ちなみに私は愛人候補から落選して捨てられたよー。

あ、ダメ。そんなチクリをしたら、私のライフがゼロになりそう。

口をつぐみ、二階の経理部に向かって歩きだした。

「文じゃん。今日はゆっくりだね」

二階の角、経理部のフロアに入ると、数人の女子社員とランチタイム中の同期、金村涼子がいた。

身長は私より少し高いけど、おそらく体重は同じくらい。羨ましいことに痩《や》せてるんだよね。

髪は柔らかなブラウンで、ふんわりウエーブをかけている。目鼻立ちははっきりしていて、意志の強そうな瞳がいつもまっすぐ見つめてくる。

涼子は、たぶん私の一番の仲よしだ。でも、彼女にも大士朗とのことは言ってない。こんな結末になるなら、さっさと言っちゃえばよかった。彼女なら優しく慰めてくれただろうに。

いつもは午前中に届ける伝票類を、涼子のデスクへどさっと置いた。女子社員ズの輪から離れて、彼女がやってくる。

「ご苦労さま。ねえ、明日のお昼なんだけど、モーニングが有名な原宿《はらじゅく》のカフェでランチを食べて、コールドプレスジュースを飲みに行くってのはどう？」

涼子が相変わらず、トレンド感満載の提案をしてくる。オサレタウン誌大好きだもんね。

「パンケーキがランチじゃ、やだー」

あまり興味がないタチの私は、否定的に答える。一度、涼子に連れていってもらったときに食べたのが、リコッタチーズが入っているパンケーキだった。

「パンケーキだけじゃないから。いろいろおいしいんだよ。コールドプレスは去年からハマッてるんだけど、努くんはそんなに好きじゃないから、うちに低速ミキサー買うのもはばかられてさぁ」

流行《はや》り物《もの》が大好きな涼子と、硬派な努くん。どうしてふたりがくっついたのかは、いまだに謎。

しかも就職して二年目で、できちゃったわけでもないのにご結婚というのは、なかなか異例のスピードだ。

「涼子と違って、前の得盛りアサイーボウルも、アボカドグリーンスムージーも無理だったから、コールドプレスジュースもダメな気がする」

「いろんな種類があるんだよ？　絶対、文の好きな味もあるって〜」

涼子は陽気にバシバシと私の背中を叩く。

私、オサレランチより、築地《つきじ》に海鮮丼を食べに行くとかのほうが好きなんだけどな。

「ま、わかったよ。付き合うよ」

結局、折れちゃう私。

だって涼子くらいだもん。二十代女子の話題のスポットに連れてってくれるのって。

大士朗の見せてくれたセレブな世界は、一時の儚い夢。手に届く範囲のトレンドとハッピーを楽しむのが、私の身の丈には合っている。

「あ、努くんは明日の夜、青海と飲むんでしょ？　帰りがゆっくりでいいなら、買い物もしようよ」

私が言うと、涼子はきょとんとした。

「あれ？　なんで知ってるの？　うちの旦那さんの予定」

ヤバ。私、すんごい迂闊《うかつ》。

「きっ、昨日、青海に会って聞いたんだ。土曜日は涼子とランチなんだーって自慢したら、俺は旦那のほうと飲むんだぞーって」

「そうなんだ。文と青海って仲よしだよねー。今度、ダブルデートしてみる？　あは、ダブルデートの響き、古くて逆にアガる」

「お気遣いご無用にてお頼み申す。しからば、ごめん！」

びしっと片手を上げ、涼子に別れを告げた。

あー、危ない危ない。青海からの情報をさらっと流してしまった。

大士朗とのことはこの先も秘密にしておくけれど、青海の部屋に居候《いそうろう》していることだって、ここで口にしていいことじゃない。

一階へ階段で下りると、まさに帰社してきた青海と鉢合わせた。

「ブン、ちょうどいいところに。今、連絡しようかと思ってた」

「なに?」

ひそめた声で問い返す。ついでに、まわりに青海と私以外がいないことを確認してしまう。

内容さえ聞かれなければ、同期がふたりでいたって、なんの後ろ暗いこともないはずだ。なんだか私、過敏になってるなぁ。

「今夜、定時上がりを狙ってたんだけど、微妙なんだよ。腹減るだろうから先になんか食べてて。二十一時くらいには帰れるから」

「え、そのくらいなら待てるよ。急がず帰ってきなよ。一緒にピザ食べよう」

答えながら、このやり取りにムズムズする。

「そっか。じゃー頑張って仕事片づけるから、待ってて」

彼も慣れた様子で返してくるので、余計こそばゆい。

「うん。ビールでも買っておこうか?」

「あー、それ助かるな」

本当、なにこのやり取り。この慣れた雰囲気。

いや、ルームシェアしてたら起こりうるよね。決して恋人同士の甘々トークじゃないもんね。ムズムズしなくていいもんね。

「じゃーなー」

やはり、こういったことを気にしているのは私だけらしく、青海はエレベーターに向かってさっさと行ってしまった。

もう一度、誰にも見られなかったか確認して、隣の物流部の建屋に戻る私だった。


帰り道、コンビニでビールとおつまみのナッツを買った。

お昼が早かったからお腹が減ってきている。ピザまで空腹をごまかそうと、ヨーグルトドリンクのパックも購入。

昨夜からおじゃましている青海の家に戻ると、換気をして冷房をつける。

それからリビングに面した私の借り部屋に入り、布団にダイブした。

あー。知らない場所で、この布団だけが私の身内って感じがする！

たーだーいーまー！

大士朗の部屋にひとりで住んでいたときも、この布団があったから暮らせたんだ。帰ってこない恋人を、ダブルベッドで待っていたら哀れすぎる。

私はゲストルームの端っこに、この布団を敷いて、大士朗のセレブマンションで一ヵ月暮らしていた。

思い返せば、ほんの数回しか帰ってこなかった大士朗とは、恋人同士の同棲《どうせい》ではなかった。

行き場のない私を気まぐれに置いてくれただけ。その頃には、大士朗の心はとっくに私から離れていたんだろう。付き合いが終われば、住まわせてもらう理由もない。

布団を持ってさすらう乙女・古町 文、二十五歳。

今度は同期の部屋か～。ホームレスOLだわ。

しかし、青海元希はなんなんだろう。私と暮らすことにいっさいの迷いがない。

まるで今までもそうしてきたかのような自然さで、戸惑っているのは私だけみたい。

去年の成績褒賞《せいせきほうしょう》のとき、青海の仕事ぶりを評して、営業部長が言っていた。

『積極性と柔軟性を兼ね備えた新時代のエースだ』と。

若手でそこまで褒められるやつ、いませんよ？

しばらく、青海のあだ名が『新時代のエース』だったもんな。本人、えらい嫌がってたけど。

青海は同期の窮地に、お得意の積極性と柔軟性を発揮してくれているだけなんだろう。同情じゃ私が傷つくと思って、友情を前面に出しているんだと思う。意地悪なやつだけど、本質的には他者を傷つけるような人間じゃない。

ま、いいや。

お金が貯まるまで……なんて青海は言ったけれど、何ヵ月もご厄介にはなれない。ひとまず、条件のいい新しい部屋が見つかるまで置いてもらおう。

しかし、青海は今、彼女ナシなんだなぁ。そうでもないと、女子なんて住まわせられないもんなぁ。

そういえば、青海の恋愛話って聞いたことない。男子ってそういうの、自分から話さない人も多いから、あんまり気にしてなかったけど。

布団のぬくもりに眠気がやってくる。

七月の暑い一日、冷房をつけていなかった部屋でホカホカに温まった布団が、今の私には気持ちいい。


……気づくと、私は本気で眠っていた。

――ポーン、ポーン。

繰り返し鳴るインターホンの音に目が覚めた。

飛び起きると、明かり取りの小さな窓の外は闇だ。ずいぶん眠ってしまったみたい。

そしてこのインターホンは間違いなく青海だろう。

急いで玄関まで走る。ドアを開けると、彼が苦笑いで私を見た。

「寝てたべ」

「ねっ、寝てない！」

「ほっぺたにヨダレと布団の痕をくっつけて、なにを言いますか」

慌てて、下にしていた右頬を触る。

「あはは。ほら、やっぱり」

どうやらカマをかけられていた様子。悔しげに青海を睨《にら》んで、リビングに引き返す。

「ピザ頼んでおいてもらおうと、三十分前に連絡したんだぞ。返事がないから、ぜってー寝てると思った」

「うう。それについてはごめん」

「別に責めてないし。つか、俺がネットで頼んじゃったし。もう少しで届くよ。飯にしよう」

青海はネクタイと襟の間に指を入れ、ぐいっと手前に引いた。

男性がネクタイを緩める動作、結構好きなんだよね。夏場はノーネクタイのことが多いから、あまりお目にかかれないけれど、今日の青海はネクタイをしている。客先に出向くときはネクタイを着ける営業も多い。

うーん。職場の男性でもそんなに見られないこの仕草。大士朗も素敵だったけど、青海もなかなか……。

よそう。青海を過去の彼氏と同列にしちゃいかん。こいつは彼氏じゃないし、大士朗を始め、過去のメンズにいい思い出はない。これ以上余計なことを考えるのは、やーめた。

玄関のインターホンが再び鳴った。

「ピザだ。取ってくる」

私は財布を手に玄関へ向かった。

ビールにLサイズのピザで、私たちの夕食は始まった。

デリバリーピザが久しぶりすぎて、おいしすぎる。やたらしょっぱくて、ジャンクな具がたっぷりで、一枚に四種類の味というお得感。

ビールに合いすぎ。幸せ！

「さて、俺はブンとの同居にあたり、ルールを決めておくのが先決だと思う。同期とはいえ、寝食をともにするわけだからな。トラブルにならないようにしよう」

当座の空腹が治まったのか、青海が話を切りだした。異存のない私は「うんうん」

だした。

「いろいろ考えてきたぞ。これが草案だ」

スラックスにワイシャツのままの彼が、お尻のポケットから折り畳まれた紙を取りだした。

紙とはアナログですな。

そこに走り書きされた箇条書きの文言を読み上げる。

「えーと、同居にあたり、青海元希と古町 文が遵守すること……」

こんな内容だ。

【一、同居の事実を口外しない（会社及び社員、友人知人にも）。
二、異性を連れ込まない。
三、家事は当番制で実施。
四、古町 文は家賃はナシ、水道光熱費のみ半額を支払うこと。食費については各人持ち、ないしは都度折半。
五、双方、名前で呼び合う。】

……って、なんか気になる部分があるけど。

「はーい。先生」

と頷く。

「なにかね、古町くん」

「いろいろ突っ込みどころがあるのは置いておいて、最初から見ていこうかな。一は同感。バレないほうがいいよね」

青海が手にしていた三ピース目のピザを、ビールで流し込んでから答える。

「だろ？　俺とブンが納得して同居していたとしても、まわりは変に思うからな。この先、ブンが恋愛するのに、俺との同居とその経緯は黙っておくに越したことはない」

一応、一般論は頭に入っているのね。やっぱり昼間、涼子に黙っておいてよかったなあ。

私は続けて二を指差す。異性を連れ込まないという項目だ。

「さすがにご厄介になっておきながら、男性は連れ込まないけど……青海はいいの？好きな子とか気になる子を呼びたいときは、言ってくれればその間、外出するよ」

「なに、その気の遣い方。無用すぎる。っつうか、同居の場に連れ込んじゃったら俺もブンも気まずいだろ。道徳観念的にナシだろ」

確かに。

『ちょっと外に出てるけど、何時間くらいで済みそう？』とか、『使用済みのゴムは包んで燃えるゴミに入れて』とか、そんな会話、青海としたくない。

話を切り上げ、三の項目を指差す。

「次の家事分担なんだけどさー、単純に掃除とか洗濯とか食事とか？」

ちょうど一枚の半分にあたる四ピース目のピザを口に押し込んで、青海が立ち上がった。

手を拭きながら、プリンターからコピー用紙を一枚持ってくる。そして、ペンで横軸に曜日を書きだす。縦軸には掃除、洗濯、夕食の項目。

「まさにその三つがメインだよ。掃除はふたり暮らしなら二日か三日に一度でいいだろ？　洗濯係は毎日で、風呂係は夏場はシャワーでいいから、ナシ。週一くらいで俺がバスタブ洗っとく」

いくら同期でも、同じバスタブはお互い抵抗があるもんね。シャワーで充分ですよ。

私は二ピース目のピザを飲み込んで言う。

「全部、曜日で決めちゃうんだね。でも、夕食係は？　私は定時で帰れる日も多いけど、青海は厳しいんじゃない？」

第一営業部は社内で一番忙しい部署だ。だいたい定時で帰れる物流部とは違う。

青海はこともなげに答える。

「夕食係が遅いときや、約束があるときは、先に帰ったほうの夕食は後払いでオゴリ。

好きなもの食べてよしとしよう。夕食係が先に帰って、そうじゃないほうが遅いときは、ロスを出さないため早めに連絡」

「帰るコールをするってこと？」

「なんのために携帯があるんだよ。使え」

面倒くさくはない。自分でも思うけど、私って他人に対して割と間口が広い。

例えば、こういうルール決め自体が面倒な人もいるだろうけれど、私に関して言えば苦痛じゃない。

むしろ、居候の私に全部押しつけない青海に感謝すら覚える。電話での帰るコールだって、やきもきしながら待たなくて合理的じゃん、なんて思う。

こういう能天気で、なんでも『こんなものかな』と受け入れてしまう性格が、今までの男運のなさに表れている気はするんだけど。

「食費は？　居候してるし、そのくらいは出すよ」

「それは次の項目にあるとおり、各人持ちか折半。つまりは夕食係が出せばいい。俺、遅い日も多いし、ブンはそんなにかからないと思うぞ」

「なんかそれ、悪いよ」

「ブンが払うのは水道光熱費の半分でいーよ。強いて言うなら、食パンと牛乳とコーヒーだけは切らさないようにしてるんだ。なくなりそうなとき、買っといて」

驚きを持って頷く。

ここまでは、ビックリレベルでいいやつなんですけど、青海元希！

意地悪ばっかり言われていたイメージで、同居しても奴隷《どれい》扱いじゃ……なんて覚悟してたのに。

「天は人の上に人を作っちゃう社会だし、なにが対等かなんて真面目《まじめ》に考えたら鼻じらんじゃうけど、俺とブンの同居は極力平等でありたいわけ。いつもヘラヘラ能天気なブンが、同居してる俺に媚《こ》びへつらうのは嫌なんだよな」

「お気遣い、痛み入ります。……でも次の項目が一番、意味不明。これ、なに？」

私は紙をトントンと指差す。そこに書かれていた内容は……。

「五、名前で呼び合う……これ、理由はある？」

「バッカ、そこが一番大事だぞ。あとはおまけみたいなもんだ」

青海がもっともらしく言いきってから、やはり耐えきれないようでニヤニヤと笑いだした。

なんすか、こいつ。なんか企《たくら》んでるな。

彼が割とイケメンな顔を意地悪く歪める。

あー、この顔よく見るわー。

「ブンは、俺が善意百パーセントで同居ＯＫしたと思ってる？　俺にも、うまみがなきゃおかしいだろ。俺にとってこの同居は〝同棲及び結婚〟の練習なんだよ」

「はぁー⁉」

思わず叫んだ。

同棲及び結婚ですと⁉

誰と？　私と？

やっぱりこいつ、私をテゴメにして自分のものにしてやろーとか思ってんの？

しかし、私の過剰な防衛妄想は次の言葉で否定された。

「俺、今まで付き合った誰とも同棲したことないんだよ。マイペースと評判高いひとりっ子だし、いっくら好きな女でも、一緒に住んだらお互い嫌になるんじゃないかと思って、なかなか踏みきれなくてさ」

「私を練習相手にするってこと？」

「そうそう。失敗して嫌われたって、痛くもかゆくもないブンで練習したいんだよ。だから、この家にいる間、ブンは俺の仮想嫁」

なんつーことを考えるんだ、こいつは。そういうところがマイペースって言われるんじゃないの？

しかし、仮想嫁って……発想がすごい。

「ちょ……それはわかったけど、名前で呼び合うっていうのは……」

「雰囲気出ないだろ、名字と変なあだ名じゃ」

その変なあだ名をつけたのは君ですぜ。私はいつも嫌がってましたぜ、そのあだ名。

「アヤ」

青海がいきなり私を名前で呼んだ。真面目な顔をしていた。

なんで、そんなにすんなり呼べちゃうんだろう。

予習した？　事前練習会あったっけ？　私、参加してないけど。

「アヤ」

今度は表情も口調も柔らかい。まるで昔から当たり前に、そう呼んでいたみたいに聞こえてしまう。

壮絶にくすぐったい。そして恥ずかしい。

それらの気持ちに耐えるため、眉間にがっつりシワを寄せて青海を睨んだ。

彼は私の視線なんか気にしていないようだ。

「ほら、おまえも呼んでみろ。リピートアフターミー、『元希』」

「も……とき」

「もっと滑らかに！」

「元希」

乗せられて呼んでしまう私。推定ちょっとバカ。

青海が小学校の先生のように手を叩く。

「はい、いい発音だねー。よくできましたー」

「ちょっと待ってよ。これ、会社及び友人知人にバレないって約束が、危ないんじゃない？　うっかり人前で名前を呼んじゃうなんて事故が起こりかねないよ？」

「気をつければいい。それに」

青海がかたちのいい唇を横に引いた。さっきも見せた悪ーい微笑みだ。

「引っかかりそうな落とし穴を作っておいたほうが、スリルあるよな」

ああ、やっぱり青海元希だ。

妙に納得した。私との同居も、こいつには楽しいゲームの一環なのね。

ルールを決めたいっていうのもゲームだからでしょ、本当のところ。

三ピース目のピザを手に取り、ラストの一ピースを青海……いや、元希のほうに押しやった。

対等でいたい気持ちはありがたいけど、ご厄介になってる私が言うことを聞く姿勢は、ある程度必要だろう。

うん、いいよ。そんなことなら。名前で呼ぶくらい付き合ってやってもいい。さほど無理難題でもなく、あんまり長い同居にもならなさそうだし。

「元希、このピザあげる」

「ありがと、アヤ。もらうわ」

金曜日の夜は、ピザとビールとルール締結で過ぎていった。


翌日の土曜日。涼子とは十一時に原宿で待ち合わせた。

涼子お気に入りの有名カフェは、朝から開いていることもあり、十一時過ぎの時点で満席。

前に来たときは代休の平日だったせいか、すんなり座れたんだけどなー。

結局、第二候補のビーガンカフェに落ち着くことになった。

ビーガンってなによ。ビーガンって。

メニューを見て理解した。

なるほどね。肉、魚、卵、乳製品を使ってないわけか。ヘルシーでロハスで流行りに乗っておりますなぁ。

しかも意外や意外、おいしい！

「涼子。このランチプレート、どれもおいしい～」

「当たり前じゃない。私セレクトよ？　ちなみに努くんはこういうお店も苦手だから、文には今後もずーっと私の趣味に付き合ってもらいます。よろしく」

デザートにひよこ豆のケーキを頼み、オーガニックティーと一緒に楽しむ。ケーキは卵も牛乳も使っていないとは思えない、コクのある味だ。

「なんか、身体にいいことしてる気がしてきた」

昨夜のジャンクな夕食を思い出しつつ言う。あれはあれでおいしかったけど。

そういえば、今朝は元希が寝ているうちに家を出ちゃったな。涼子の旦那の努くんとは、夜の約束のはずだ。

「私なんか毎食これでもいいけど、努くんは嫌だって言うんだよね。『そんなの出さないで肉を出してくれ』って。こーいう趣味だけは努くんと全然合わない」

「我が社の七不思議だよ。なんで真逆の涼子と努くんがくっついたのか」

努くんは見た目も中身も落ち着きまくった二十五歳。寡黙で、自分が本当に必要だと思った瞬間まで喋《しゃべ》らないので、元希と涼子と四人でいると、努くんの声を聞くのはたった数回なんてこともある。それでもなぜか涼子と付き合って、早々に結婚の運びとなったのだ。

涼子は私の言葉にケロッと答える。

「え？　そりゃ、愛があるからだよ。趣味以外は全部ベストマッチングだもん」

趣味……大事だと思うけどね。相性のウエイトをかなり占めると思うけどね。

私が涼子のアバウトな答えに苦笑いしていると、違う方向から攻撃が返ってきた。

「文と青海だってそうでしょ？　しょっちゅう言い合いやら喧嘩《けんか》やらしてるけど、愛があるから一緒にいるわけで」

「待った。私と青海は付き合ってませんぜ」

「じゃ、前に言ってた彼氏と、まだ続いてんの？」

涼子に大士朗とのことは話していない。だけど、彼氏ができたという報告だけはしてある。

内緒の恋でも、さすがにそのくらいは仲よしの友人に言いたかった。

「彼氏は……この前、別れた」

「じゃあ青海と秒読みじゃん」

どうしてそんな理論になるんだろう。私、入社以来ただの一度も、青海元希に好意的なものを寄せたことないんですけど。

「青海は割と前から文を見てたよ。文は気づいてない？」

「気づくもなにも、涼子の勘違いじゃない？」

「私と努くんの見立てじゃ、青海は入社間もなくあたりからずーっと文に惚《ほ》れてるよ。それで文が当時は失恋を引きずってて、『誰とも恋しない』って宣言してたでしょ。それで青海は告白しそびれてたんだと思うけどな」

涼子の言葉は自信満々で、まるで元希から聞いてきたかのような言いぶりだ。

「そしたら文ってば、四月頃、いきなり彼氏できたとか言うし。詳しく話さないし。青海もあれは悔しかったと思うよ」

「さっきから青海サイド、めっちゃ語ってくれてますが、それ推測でしょ？　そちらのご夫妻の。青海、なにも言ってないでしょ？」

涼子が女子らしく、クネクネと身体を左右に揺する。ニシキアナゴみたいだけど、本人にとっては否定の所作らしい。

「あーん、違うよー。青海は口にしてないけど、そんなの見てたらすぐわかるもん。やっさしー目で文のこと見てるんだよー!?」

聞けば聞くほど、金村夫妻が話を盛っているように感じてきた。

青海元希が私を優しい目で見るかっつうの。

『おい、ブン。太った？』

『チーク濃すぎて、田舎《いなか》の中学生みたいだぞ』

『ヒール履けよ。ただでさえ脚、短いんだから』

元希のことを思い浮かべていたら、言われた数々の暴言を思い出してイラッとする。帰ったら文句のひとつもぶつけちゃいそうだ。

「ま、いいや、青海のことは。ほら、涼子、コールドプレスジュース飲みに行くんじゃなかったの？」

「そうそう。じゃ、ここ出よっか」

話をそらすため、飲みたくもない野菜ジュースの話題を出さざるをえなかった。


どうせ元希も遅いのだからと、私は私で涼子と休日を満喫することにした。

好きなセレクトショップを回り、新作をチェック。引っ越しのことを考え、見るだけにしておくけど。

その分、ボディアート店でヘナタトゥーを入れてもらう。普段は予約ナシじゃ入れないんだけど、運よくキャンセルが出たそうで、涼子と一緒に入店することができた。

すぐ消えちゃうとはいえ、目立たない左足首を選んで、アンクレット状の花とツタの柄をチョイス。これなら濃いめのストッキングで見えなくなる。

本物のアンクレットは会社員としてＮＧ。でも、このくらいなら気分が変わっていいでしょ。

もちろん、涼子一押しのコールドプレスジュースも飲んだ。

私が頼んだシトラスミックスはおいしかったけれど、涼子が嬉しそうに飲んでいた真緑のブツは……うーん、勇気が出ないぜ。

たっぷり休みを楽しんで、ふとスマホを見ると、元希から着信が入っていた。

ヘナタトゥーの三時間、涼子と喋りっぱなしでスマホを放置していた。気づかなかったよ。

つーか、なにかね、元希くん。君は君で遊びに行くのだろう。私に構うことはないのだよ。

メッセージアプリを開いて、ぎょっとした。

【鍵どーすんの？　俺もう出ちゃうよー】

そうだった！　予定は別々でも鍵はひとつ！

次のメッセージはこう。

【新橋駅前の〝醍醐《だいご》〟で飲んでるから、鍵取りに来て】

取りにって……努くんと飲んでるんだよね。バレないようにこっそり、ってことだよね。

大丈夫かな。急にミッションスタートの気分になる。

ちょこちょこといろいろ食べていたので、お腹いっぱいの私たちは、夕食はやめて十八時に原宿で解散した。

それから新橋駅に到着すると、急いで居酒屋〝醍醐〟に向かう。

昼は激安ランチ、夜は居酒屋という、このあたりでは定番スタイルの〝醍醐〟は、しょっちゅう同期会で利用するお馴染《なじ》みの店。

【〝醍醐〟前に到着】

元希にメッセージを送る。

そのあとはうっかり努くんに見つからないように、路地のゴミ箱横に身をひそめる。

あーあ。シャレオツな一日だったのに、ラストでゴミ箱と並んでるよ。私、なにやってんですかねー。

「お、そこにいるのは俺の嫁さん」

聞き覚えのあるいい声に顔を上げると、出入口の引き戸から顔を出し、元希が私のほうを見ていた。

ちょっと、なにやってんの！　中に努くんいるんでしょ？

私は必死に手招き。早くこっち来い！　出入口から離れろ！

彼は鼻歌交じりに近づいてくる。上機嫌なのは、すでに結構飲んでいるからだろう。

「何時からここにいるの？」

「十七時の開店直後から。まだあんまり飲んでないよ？」

「いや、割と飲んでますぜ、旦那。ところで、鍵をいただきに来たんだけど」

元希が『はて？』という顔。

次に内容を思い出したようで、「うんうん」と頷きだした。

「そうだったな！　今、取ってくる」

持ってきてないんかい！　中なんかい！

元希が戻り、再び顔を出すまで、またしてもゴミ箱の横にいる私。

ひょこっと引き戸から顔を出した彼は、やっぱり赤い頬をしている。

「食べる？」

フラフラ寄ってきた元希の手には、なぜかポテトフライが一本。

「食べない」

私は元希の手首を掴み、差しだされたクタクタのポテトフライを、やつの口に方向転換。

元希は「おいしいのに〜」と言いながらポテトフライを咀嚼している。

ダメだ、酔っぱらいに絡まれてる場合じゃない。

「か、ぎ！」

「あ、そうだった」

彼がもう片方の手に持っていた鍵を、私に差しだそうとしたときだ。

「青海ー、大丈夫か？」

出入口の引き戸から努くんが顔を出した。

私は発作的に元希の手から鍵を引ったくり、ゴミ箱のさらに奥に飛び込んだ。

息を詰め、身をひそめる。心臓がどっくんどっくんと大きく鳴り響く。

「あー、金村。大丈夫、大丈夫」

元希の口調が変わった。一転、いつもの落ち着いたトーンに戻っている。

「外になんか用事？　タバコとか吸わないよな、おまえ」

「豪雨注意報が出たから、外に来てみたんだよ。そしたらこの注意報、先週のだった」

「……青海、結構酔ってんな」

努くんのあきれた声を、路地の奥で屈んで聞いた。

元希は「戻るべー」なんて言いながら努くんの背を押し、店内に入る。出入口に消える直前、路地から顔を出した私に目配せをして。

あいつ、全然酔ってないじゃん。

酔ったふりで私をからかおうとしてた？

なにそれ、メリットあんの？

まあ、いっか。訝しく思ったけれど、もう用事はない。

コンビニでカップスープとおにぎり、明日の食パンとジャムを買って帰った。

今は酔っていなくとも、どうせ最後には酔っぱらいだ。元希と絡むのが面倒くさいので、二十二時過ぎにはさっさと寝てしまった。

同居三日目、つつがなく終了〜。

波風立てずに住もうじゃないか

そもそも、私という女は、人生最初の恋から〝都合のいい女〟だった。

高校時代、初めてできた彼氏はエッチした翌週に別れを告げてきた。

有名な処女キラーの先輩だった。知らなかったのは私だけ。

大学一年生のとき、スポーツサークルの三年生と付き合った。

半年経って、私の友達に乗り換えられた。

なんでも、最初から狙っていたのは友達のほうで、フリーになるのを待つ間、私で我慢していたらしい。

大学四年生のときは、ゼミの同級生と付き合った。

ちょっとだらしない彼のために、ありとあらゆる面倒を見た。

お腹が減ったと言われればお弁当を作り、朝はモーニングコールをして、単位が危ない授業は代返の手配をした。

卒論も、ほとんど私が資料集めをして、彼はそれを写すだけ。

『文、ありがとう。俺、文がいないとダメだ』

困ったちゃんの彼が、私に愛と感謝を示してくれるのが嬉しかった。この人には私がいないとダメなんだから。そう信じて尽くした。

卒業が決まった頃、私の女友達の告発で事実は露見する。

彼には私の他に四人の彼女がいた。

そして、私はその中の五番手だったようだ。

平日にモーニングコールをしてくる私の存在を、他の彼女たちは知っていた。彼の『都合のいい女ってやつだよ』という説明とともに。

彼は私が責める間もなく、結婚詐欺で訴えられた。三番手と四番手の彼女に、結婚をちらつかせてお金を貢がせてたみたい。

貧乏学生だった私は、お金の代わりに労力を貢がされていたのだ。

もうこれはショックというより、『情けない』のひとことに尽きる。どうして一ミクロンも不思議に思わなかったんだろう。

きちんと疑ってかかれば、怪しいところはたくさんあったはずなのに。能天気でぼんやりしている私は、いつもあとになって真実に気づくのだ。

恋愛はコリゴリだと、〝恋しない宣言〟をしたのに、よりにもよって今度は、御曹司にいいように遊ばれちゃって。浮気相手としても失格という体たらく。

大士朗との恋が終わった今、私にはわかる。

〝都合のいい女〟。それは一番になれない女のこと。

どうあがいても本命になれない女のことだ。

便利に使えて、お駄賃もご褒美《ほうび》もいらない。

価値はゼロじゃない。でも、いなければいないでOK。

そんなキッチンペーパーのような存在が私。

いやいや、豆腐の水切りや天ぷらにキッチンペーパーは欠かせない。それじゃ、私はキッチンペーパー以下……。

「キッチンペーパー……」

「おい、なにがキッチンペーパーなんだよ」

真上から降り注ぐ声に、はっと目を開けた。

天井と、元希の顔。

彼が寝ている私を覗き込んでいるではないか。

「なっ！　なに、部屋に入ってんのよ！」

「ここ、リビングのソファですから。共用スペースですから。アヤ、今朝すっげえ早く起きてたみたいじゃん。ここで二度寝したんだろ？」

がばりと身体を起こすと、確かにそこはリビング。時計は八時半を指している。

そうだ。私、ゆうべ早寝しちゃって、今朝四時くらいに起きたんだった。

お腹が減ったからパンを焼こうとして、焼けるのを待つ間に寝てしまった様子。今頃、トースターの中でこんがり焼けたトーストが悲しく冷えきっているだろう。

もうやだ。過去の恋愛総ざらい的な、嫌〜な夢見るし。

「日曜日は洗濯係がアヤ。夕食係、俺。それと、覚えてっか？　朝飯食ったら買い出しだぞ」

ああ、そういえばそうだった。私の日用品を買うために元希と出かけるんだった。

でも、貴重な休みをいいのかな。昨日遅くまで飲んでたんじゃないの？

「私、ひとりでも行ってこられるよ。どうせ、シャンプーとか箸とかだし」

「タンスも買えよ。いつまでもバッグからパンツを出し入れしてるの、ダルいだろ。プラスチックの三段くらいのやつ。可愛くはないけど、軽いし実用的だぞ」

「あー、そうだね。それ欲しいかも」

自分が住んでた部屋から大士朗の部屋に引っ越すときに、きっと私は、もう家具がいらないと思ったんだろうな。これからは大士朗とずっと一緒だから、ひとり分の収納や食器は不要だと考えたんだ。

布団を捨てなかったのが奇跡。でも、断捨離したほうがいい程度に私物はあるんだけどね。

「タンスとか重いやつ運んでやるよ。一緒に行こう」

「おう……元希、いいやつ」

「今、『青海』って呼びそうになっただろ。ペナルティつけるぞ。一回呼び間違えるごとに五百円。ここにあるブタさん貯金箱に入れろ」

元希がチェストの上の、古きよきブタさん貯金箱を指差す。

こいつ、またゲームする気満々だな。

私は立ち上がり、キッチンに行き、ポットのスイッチをオン。かわいそうなカチコチトーストにごめんなさいして、ゴミ箱へ。

「それってあんたも危ないんじゃないの？　ずーっと私のことを『ブン』って呼んできたんだし、きっと口滑らせるよ」

Tシャツにハーフパンツという部屋着姿の元希がキッチンにやってきて、私の横に並ぶ。今、私が使わせてもらっている来客用ティーカップの横に、元希のごついマグカップを置いた。

自分の分もインスタントコーヒーを淹《い》れてくれ、ってことみたい。私はコーヒーの瓶を手に取る。

「アヤ」

不意に元希が耳元で呼んだ。

吐息がかかりそうなほど近くで。

私は瞬時に、真横に飛びのいた。

い、今の接近はいったい、なんでっしゃろ。心臓がばっくばっくいってるよ！

「驚いたじゃん。近いよ」

ドキドキを悟られないように、さりげない口調で文句はしっかり言う。

こいつの声は、結構いいのだ。私好みのよく通る低い声。

元希は平然と髪をかき上げ、薄く笑う。その顔を直視できない。

「俺は呼び間違えないよ。絶対に」

「なに、その自信」

そして、なに、その余裕。

あんたの接近に私がビビリまくってるって、気づいてる？

ゲームかなにか知らないけど。一応私、異性なんですけど。

「っつうことで、ペナルティ制導入。俺の仮想結婚ライフの雰囲気をぶち壊さないように」

まったく答えてくれないまま、元希は自分のコーヒーを手にダイニングテーブルへ戻っていった。

チェストの上のブタさんをてんてんと叩いて。

「……パン焼くよ」

「よろしくー。食べたら仕度しろよ。一時間後、出発～」

洗濯して、干して、メイクして、うねった髪をコテで伸ばして……。一時間じゃ足りない。

取り急ぎ脱衣所へ向かった。先に洗濯機、回しちゃおう。

あー、さっきはビックリした。この胸のドキドキは完全に驚きからであって、他意はないですけどね！

ひとまず、朝の虚しすぎる夢は頭から出ていった。

どこで買ってもいいようなものの買い出しだけど、せっかくなら、と元希がレンタカーを借りてくれた。

木曜日に大士朗の家から撤収したときもそうだけど、車って便利だなぁ。運転は自信がないし、私の給料じゃ車の維持もできないけど。

今日も元希が運転席だ。私はしれっと助手席に座る。

車で向かうのは豊洲《とよす》のホームセンター。ここで日用品を見ようってことになった。

「買う物リストは？」

「えーっと、箸、マグカップ、シャンプー、コンディショナー、ヘアパック……あと必要なのは……」

「生理用品も買っとけ」

到着したホームセンターの駐車場に降り立ち、さらっとセクハラ発言をする元希。

「うちのトイレ、ゴミ箱もねーぞ」

「言われなくても買うわい」

本当、こういう無神経なところ、ムカつく。

会社の他の同期や後輩の女子には、絶対言わないよね、あんた。私にならなに言ってもいいと思ってるでしょ？

「俺が欲しいのはロボット掃除機」

「あんたも買い物あるの？」

「ないとは言ってない。リビングに出しっぱのやつが壊れそうなんだよ。変な音するし、妙に熱くなって怖い」

あー、それで親切にも運転手を務めてくれてんのか。自分の買い物ついでね。

私も、ただ付き合わせてるだけじゃ気が引けるので、逆にほっとする。

いいぞ、どんどん買ってくれたまえ。そして、発熱する危険な掃除機は粗大ゴミに出したまえ。

「じゃー、ささっと済ませよっか」

暑い日差しの駐車場から早く逃げたくて、元希を促す。

「近くにショッピングモールがあるから、ここにないものはそっちにしよう」

ショッピングモールに寄ってくれるなら、マグカップと部屋着くらいはそっちで買おうかな。ホームセンターで部屋着が調達できるとは思わないし。

そんなわけで、私と元希の買い物は始まった。

断捨離も視野に入れて、必要最低限にしようとは思うものの、しばらく暮らすなら自分のものくらいは揃えなきゃいけない。

ホームセンターは肌が痛いほどの冷房の効き具合。早く買い物を済ませないと風邪をひきそう。下はジーンズだけど、猛暑日の予報を信じて、上はタンクトップを着てきちゃったよ。

家電コーナーで、ロボット掃除機を元希とチェックする。特設の床をブイブイいわせながら走りまわる様子を見ているのは楽しいんだけど、やっぱり私は寒い。

だけど買い物は途中。うーん、ホットコーヒーが飲みたくなってきた。

すると、いきなり背中に温かな感触がする。

元希が私の肩にバスタオルをかけたのだ。

「なにぃ⁉」

「漫画のかませ犬キャラみたいな反応すんな。寒いんだろ？」

バスタオルを見れば、キャラクターショップで人気のダレたクマが寝そべった柄。可愛いけど、やや小学生感が否めない。

しかし、準備よすぎない？　バスタオルなんて常備してないっしょ、普通。

「先に一枚買って、タグ外してもらった。アヤの買い物リストにバスタオルは入ってなかったけど、それやる」

なるほど、ここで今買ったものなんだ。結構、優しいじゃない。

寒がってたのがバレていて、ちょっと恥ずかしいけど。

「青海……」

「五百円」

「えーと、元希、ありがと。マジリスペクトっす」

「おう、リスペクト常時受付中。つか、似合うな、そのタオル」

似合うのもどうなんだろう。二十五歳女子として。


ショッピングモールに移動し、時間もちょうどよかったのでランチにする。

ハワイ発のハンバーガー店は、混んでいる割に待ち時間十分ほどで席に着けた。

「私、オゴるよ。車を出してもらっちゃったもん」

「いい。引っ越し費用、貯めとけ」

元希は頑《かたく》なだ。

そりゃそーか。今はゲーム感覚で同居ごっこしてるけど、元希だっていつまでもこのままとは思っていない。

〝ごっこ〟じゃない彼女ができたとき、私の存在は邪魔だよねぇ。やっぱ早く引っ越ししてやらにゃあなるまい。

どデカいハンバーガーと、山盛りポテトフライと、オニオンチップがどっさり乗ったサラダで昼食にする。

「アヤ、あの年季が入った布団は買い換えなくていいのか?」

元希がアイスコーヒーを飲みながら聞いてくる。

私はとんでもない、と首を左右に振った。

「私の落ち着ける場所なの。簡単に換えられないの」

「おまえ、小さい頃、お気に入りの毛布かタオルを持ち歩くタイプだっただろ」

どうしてわかるんだろ。……当たりですけど。

彼がアイスコーヒーのストローを、くるりと指で回す。

それから何気ない口調で言った。

「せっかくだからダブルベッドでも買おうかと思ったのに」

元希の珍発言に、ジュースを持ち上げる手が止まる。

はいはい、なに言っちゃってんの？　こいつ。

「ダブルベッドで眠る両名は誰よ」

「もちろん、俺とアヤ」

「熱中症かな。頭がぼーっとしてるんじゃない？」

冷たい目で見ると、元希はしれっと答えた。

「本気本気。せっかく仮想結婚生活してるんだから、一緒に眠るのもアリじゃね？」

「じゃねーよ」

すげなく答える。

その論理だと、エッチくらいまでは普通に、アリになりそうだ。

私と元希じゃ絶対考えられないけどね。

ヘラヘラ笑う元希に、全然本気な感じは見えない。

あー、またいつものか。

「あのさ、元希」

この際だから言ってしまおう。

彼の顔を真面目に見つめる。

「ずーっと思ってるんだけど、私をからかうの、楽しい？　あんたって、私には特にこういうふざけ方するよね。涼子や他の同期にはしないじゃん」

髪型を変えれば『顔、丸っ！』。

グロスを塗れば『唇テカらせる前に、小鼻のテカリ押さえろよ』。

彼氏ができたって言えば『その彼氏、霊長類ヒト科？』。

青海元希は入社以来、私に絡むのが副業ってくらい、近くでご意見しまくってきた。

周囲の持つ元希への印象と、私が持つ印象がまるで違うというあたり、変な話だ。

「実際、私のこと嫌いなんじゃない？」

「俺が？　アヤを？」

コクコクと頷く。すると元希はバカにしたように鼻で笑った。

「嫌いなやつと住むか？　嫌いなやつと仮想夫婦になるか？　俺、そこまでドMじゃねーぞ」

う、言われてみればそうなんだけど。

納得できない私は食事の手を完全に止め、元希を問いつめる。

「で、でも、私のことをからかうのは面白《おもしろ》いと思ってるでしょ？」

「それは思ってるけど」

なんと青海元希、即答で認めちゃったよ。悪びれる様子もない。

「アヤは隙だらけで、盛っても微妙にダサくて、会話もときどき適当すぎてウケるし、とにかくいじり甲斐《がい》があるんだよな。こんな女、俺が突っ込み入れてやらなきゃ、しゃーねーと思って、今まで来たんだけど……」

言わせておけば、青海元希！

バカにすんのも大概にせぇよ！　張り倒しちゃうぞ！

「ま、アヤが嫌ならやめるわ。一緒に住んでてカリカリされるのもつまんないし、お互い穏便にやれるよう、俺も努力する。キャラ設定変えてみる」

元希はあっさりと態度を翻《ひるがえ》した。思い出したように、氷の溶けたアイスコーヒーを口にする。

あら？　いきなりの改心。

拳を握り固めていた私は拍子抜けだ。

なんだかわからないけど、私をからかうのは控えめにするってことね。努力して、波風立てないようにしてくれるってことね。

しかし、予想の斜め上をいく男、元希は続けて言った。

「次の俺のキャラ設定、アヤにべた惚れの旦那っての、どう？」

「べた惚れ？　はぁぁ？」

狼狽《ろうばい》する私に、マイペースに答える元希。

「ほら、物語の途中で敵キャラが味方キャラになるって、よくあるだろ？　あれだよ。アヤの敵だった俺が、同居して一転、甘い言葉を吐きまくるイケメンキャラになるっていう……」

「ガチで意味わかんないんで、その辺でやめといて」

「あれ？　ダメ？　俺、外した？」

やっぱり元希は、私をからかうのをやめるつもりはないらしい。

月曜日、朝八時十五分。

私は始業四十五分前に会社に到着した。

こんなに早い出社は、元希との出勤時間をずらすためである。

マンションから会社までは歩ける距離。この道を仲よくふたりで歩いていったら、同棲感、半端ないじゃない。そこで他人に見咎《みとが》められないよう、私が先に出ることにしたのだ。

手の中にある鍵を見つめる。この鍵は、昨日複製したもの。元希のマスターキーと区別するために、ガチャガチャで出たリアルなイルカのストラップをつけた。これで別々に家を出ても大丈夫だ。

今朝から私の当番が増えた。洗濯係を丸々引き受けることにしたのだ。

だって、考えてみたら、元希が私の下着を洗うなんて恥ずかしくて嫌だもん。

洗って干すのは私の仕事、乾いた衣類を畳むのは各自の仕事と、担当替えをさせてもらった。

あ、洗濯物を一緒に洗うのはノープロブレムね。そこまで神経質じゃないし。

ちなみに元希は、二日に一回の掃除係に就任した。といっても、新たにやってきたロボット掃除機が大活躍してくれる予定なので、彼の仕事はたいしてないだろう。家事の分量は私が上になった。

いいですよ、このくらい。

元希が〝対等〟を示してくれる以上、私は私で、できるご恩返しをせねば。

「古町さん、今日の夜、予定ある？」

事務所には私だけではなかった。朝の入荷に備えて、すでに出社しているおじ様社員が三人。そのうちのひとり、小里《こざと》さんが声をかけてきた。

終業後の予定を聞かれるなんて……だいたい想像がつく。

「関西の大雨の影響で、今日の入荷が大幅に遅れるんだよ。入荷処理は今日中にやっちゃいたいからさ。ちょっと残業になりそうなんだけど……どうかな？」

定時上がりの多い事務の女子社員に、おそるおそる残業の可否を聞いてくるあたり、この部署のおじ様社員たちはみんな優しいんだ。残業当たり前！の部署だって多いというのに。

「もちろん大丈夫ですよ！」

私だって物流部の一員だ。先輩社員にお任せするわけにはいかない。

今日は同居後初の夕食係だけど、元希の帰宅までにはなんとか作れるはず。

昨日は元希が親子丼を作ってくれた。結構おいしくて、こいつは負けてられないと私の闘争心に火が点いたところ。

こう見えて、大学四年のときはダメ彼氏のごはんをしょっちゅう作っていた。手際も味も、割と自信がある。

張りきって準備しなくても、あり合わせのものでもパパッと作れちゃうタイプなんだから。

どーにも、私をなめている節がある元希だけど、ここはビックリさせるチャンス。

ふはは、目にもの見せてくれるわ！

一応、今夜の残業について、元希にアプリでメッセージを送っておく。

【俺は家に着くのは二十一時過ぎかな】という返事。

よし！　二十一時までなら余裕で帰って作れる。朝、お米は炊飯器にセットしてきたし。

早速、本日の業務に入る仕度を始めた。

アテが外れた。

完全に外れた。

現在時刻、十九時半。私はまだ倉庫内をうろうろしていた。入荷伝票を打っては、事務所に戻ってパソコンの社内システムに入荷入力……という作業を繰り返している。

本来なら二時間弱の残業で、十九時過ぎには帰路に就けているはずだった。

しかし、今日に限って先輩事務の三谷さんは、『通院があるから』と残業を拒否して帰ってしまったのだ。

病院なら仕方ないよなぁ、なんて思っていたんだけど、気づいたら田中部長の姿もない……。

おじ様社員たちが、『おい、田中さんがいないぞ』とスマホに電話をするけれど、出ない。

そのあと、【妻の調子が悪いから帰る。もう電車に乗ってしまった】というメールが返ってきたそうな。

物流部の面々は、盛大にため息をついたわけですよ。

みんな薄々気づいている。田中部長と三谷さんの不倫愛に。

だけど、猫の手も借りたいときに、ふたりで抜けだすのはナシでしょーよ!!

『もういい。早く片づけよう』

小里さんが怒りを呑《の》み込んで呟き、私たちは黙々と入荷作業に入ったのだった。

結局、入荷作業は二十時に終わった。

不倫愛のふたりへの怒りが団結力に変わったのかも。それにしたって、想定よりずっと時間がかかったけど。

「古町さん、もう上がっていいよ」

小里さんが疲れた顔で言った。

「いえ、最後まで残ります」

朝一の便に乗せたいものの出荷作業が、少し残っている。

「入荷の入力はもうないから。俺たちももうちょっとで上がれるし、心配しないでよ」

他のおじ様社員も、「うんうん」と頷く。

申し訳ないけれど、確かに私の作業は終わっている。ここは素直に、お言葉に甘えさせてもらおう。

職場を飛びだし、早足で進む。

スーパーはこのあたりには少ない。一番近いところへ寄るのも、マンションまでの道からは外れなければならない。

手早く買い物を済ませても、マンションに向かう頃にはダッシュだった。

こんなに遅くなるなんて、思わなかった。予定していた煮込み系のメニューはやめて、簡単ですぐにできるメニューにしよう。

頭の中で算段はついている。

部屋に帰り着いたのは、二十時四十五分。

うわー、時間がない！　手を洗い、カフェエプロンを着けて料理スタート。

二十一時十五分、元希が帰ってきた。

「待ってて。すぐ、食べられるから！」

リビングに入ってきた元希に、『おかえり』の代わりに言う。

彼はビジネスバッグをダイニングの椅子に置きながら、けろっと答えた。

「先にシャワー浴びてくるから、焦んなくていいよ」

「ダメ！　それじゃ冷めちゃうし！　ほんの、あと五分でできるから！」

せっかくスピーディーにできそうなんだし、温かいときに食べてもらいたい。

おいしい夕食を作って、元希を驚かせたいという魂胆が根っこにあるんだけど。

元希はTシャツにハーフパンツというい つもの部屋着に着替えてくると、リビングのソファに座りテレビを点けた。

「今期の〝月9〟、今日からじゃん。アヤ、観ないの？」

「いい！　ドラマあんまり観ないし、それどころじゃない！」

ばたばたと作り上げたのは、オニオンコンソメスープ、豚肉のピカタ、手作りドレッシングの豆腐サラダ。

よし！　栄養的にもグッド！

ダイニングテーブルに並べると、料理はどれもおいしそうに見えた。

「お、うまそう。いただきます」

元希が早速、箸を持つ。私も手を合わせてからスープ椀《わん》を持った。

「ん？」

「んん？」

元希はピカタを、私はスープをひと口。

そして頭に浮かべたのは、疑問符だった。

スープの味がしない……。元希が変な顔をしてるってことは、ピカタも？

慌ててひと口かじってみる。ピカタは卵の風味と肉の味はしたけれど、塩っ気はなかった。

嘘、嘘でしょ？

私、塩振ったのに。スープなんか味見までしたのに。

「ごめん！　作り直す！」

慌てて元希の皿に手をかけると、彼が制した。

「いいよ。肉は醤油《しょうゆ》かければいいし、スープは薄くてもいいだろ？」

「ダメ！　こんなのダメ！」

慌てすぎて、舌がバカになっていたのかな。味付けをミスるなんて初めてだ。

必死に元希のスープを取り上げようとしていると、彼がぶふっと吹きだした。

「なんだよー、料理苦手なら言えよー」

元希は、私ができない料理を頑張った結果がこれだと思っているのだ。

違う。そうじゃない。

私は料理が得意なんだ。結構おいしくできるんだ。

今日は時間がなくて、あと、元希を驚かせようと張りきりすぎて、こんなことになっちゃったんだ。

彼が味のないピカタを箸でつまみ上げ、おかしそうに言う。

「ははっ。仮にも薗田大士朗と同棲してたんだろ？　やつになに食わせてたんだよー」

青海元希というやつは、本当に無神経だ。

私がイラッとすることをライフワークのように口にする。

今回は、最高に失言。

私はぎりっと唇を噛《か》みしめた。

大士朗に、私は手料理を作っていない。

大士朗は部屋に帰ってこなかったから。

私の唯一の取り柄を披露できなかった。

私たちは同棲ごっこすらできなかった。そして、私は捨てられたのだ。

気づくと涙が溢れていた。頬を転げ落ちていく熱い塊《かたまり》を、止められない。

「アヤ。料理失敗したくらいで泣くなよ」

まだ軽い口調で元希が言う。半笑いの彼を鋭く睨みつけ、立ち上がった。

「私、料理は割とうまいの！」

「おい、座れって」

「大士朗には食べさせられなかったの！　帰ってこなかったから！　私を部屋に放置して他の女と遊んでたから！」

震える声も止まらない。こんな怒りを元希にぶつけたって、なにも変わらないのに。

「アヤ……」

彼は私を見上げ、気遣わしげな声で呼んだ。しかし、そこに同情が含まれているようで、余計に苛立《いらだ》ってしまう。

「このまずいごはんを食べた男は、この世であんた、ただひとりだよ！　よかったね、貴重な体験ができて！　私も好きな男の前で失敗しなくてよかったよ‼」

私は怒鳴ると、元希に背を向けテーブルから離れる。勢い余って、椅子が大きな音をたてて倒れた。

タラレバだけど、今思っちゃったじゃん。大士朗においしい手料理を振る舞ってあげられたら、彼は私を好きでいてくれたかな。愛人待遇くらいには置いてくれたかな。あんな男なのに、できなかったことを考えたら、こんなに悲しくて悔しい。

「アヤ、待てよ。どこ行く気だ」

元希がテーブルを回り込み、私の右手首を捕まえた。

「あんたのいないとこ！」

手を振りはらおうとするも果たせない。

こんなときに、男らしく馬鹿力を出さないでよ。

「悪かった！　意地の悪いことを言った。ごめん、アヤ」

拘束から逃れようと暴れる私を、元希が抱き寄せた。

私の顔と密着した彼の胸が、広くて温かくて、まずはなにより驚く。

「離してよ！」

泣き声で怒鳴る私の背を、元希が撫《な》でた。

「落ち着いたら離す。おまえ今、ヤマアラシみたいに毛ぇ逆立ててんぞ。落ち着け！ほら」

言葉は優しいのに、ちょっとからかってみせるのを忘れない。顔は見えないけれど、きっと苦笑しているに違いない。

ムカつく。

あんたのせいで、こんなに怒ってるんですけど。あんたのせいで、こんなに傷ついてるんですけど。

私の苛立ちをよそに、やたらと背を撫でてくる元希。

髪に吐息がかかる。彼の唇が私の髪に触れている。

「本当に悪かった。俺はてっきり、大士朗には愛想を尽かしたもんだと思ってた」

だとしても、さっきの言い草はないじゃない。傷口をぐりぐりえぐられたっつうの。

元希はひとつ嘆息し、なにかを考えるように言葉を選ぶ。

「まだ、そんなに引きずってんのか。……そりゃ、そうか。一週間も経ってないもんな。当たり前か」

「そうだよ。私、失恋したてで、下手に触ると爆発する危険物だよ。いいことないから、とっとと離してよ」

いい加減、この抱擁《ほうよう》にムズムズしてきた。

すでに怒りより、困惑と照れくささがうわまわっている。

元希がようやく身体を離した。といっても完全にではなく、身体と身体の間に隙間を空けた程度。

まだ彼の両手はがっちりと、私の両肩を掴んでいる。

「よし！　俺は今、最高にいいことを考えた」

「いいこと？」

キコーン、と電球マークが元希の横で光っていそうだ。例えは古いけど、なんだかぴったり。

「薗田大士朗に謝らせよう。結婚する気もないくせに、アヤを適当に弄《もてあそ》んだことを！」

私はポカン顔で元希を見つめる。

涙が止まった。

しかし、意味がわからん。またまた、この人はなにを言いだしたのかね。

「作戦は明日の夜。俺に任せとけ。絶対あいつに謝らせる！」

「はぁ、あの……全然わかんないけど」

「飯食ったら作戦会議だ。ほら、食べるぞ。今日は忙しかったみたいじゃん。味付けミスったのは疲れてたからだよ。明後日の夕食、期待すっからさ」

なんとなくフォローされて、丸め込まれて、私は夕食の席に戻った。

噛み合わないこと、この上ナシ。

そのあと、元希に提案された計画は驚くべきものだったのだけど。

御曹司をやっつけろ！

翌火曜日。私は元希立案の作戦を実行すべく、終業後、本社七階の大ミーティングルームにやってきていた。

営業部がしょっちゅう会議に使っているここは、私も何度か社内会議のお供で入ったことはあるけれど、終業後ぶらっと訪れるところではない。

「ねえ、本当に大士朗はここに来るの？」

疑わしくて元希に問う。

彼は肩をすくめ「ノープロブレム」と日本語発音で答えた。

「今夜はサッカー中継があるだろ？　二十時キックオフの。あいつ、それをここにある大スクリーンに映して観るのが好きなんだよ」

元希が指し示すのは、今はくるくる巻かれて天井にくっついているスクリーン。

家の４Ｋテレビで観たほうがいいんじゃないのかな。

「絶対、女子社員を連れ込んで観せたことがあるな。おまえの部屋じゃねーっつうの」

「ね、元希はなんでそんなことまで知ってるわけ？」

大士朗がサッカー好きなのは知っていたけれど、こんな情報は知らなかった。

「一応、俺、仕事上パートナーですから。先々週も仕事切り上げて、いそいそここに入ってくのを見た。今日も来るぞ、たぶん」

元希の言葉を信じるなら、大士朗とこれから対面だ。別れて以来、顔も合わせていない大士朗と。

不安と緊張で胸がいっぱいになる。

私、泣かないでいられるかな。

「ほら、それじゃ、カモン!　こっち来い」

私のナーバスな気持ちをまるで無視して、元希が呼ぶ。

教室のように十列ほどに並んだ長机の一番前のものに腰かけ、自分の膝をポンポンと叩いている。

「ねえ、本当にやるの?」

私は元希の作戦を思い出し、いっそう困惑する。

「当たり前だろ。なんのためにここに来たんだよ。俺だって仕事を抜けてきてんだぞ。このあと、戻って残務処理だ。しかも、薗田大士朗が放り投げるだろう分もな!」

「ありがたいけど、普通に会って問いつめるだけじゃダメかな?」

元希は私に向かって、はーっとあきれたようなため息をついてみせる。『おまえ、なんにもわかってねーな！』と言いたげな雰囲気だ。

「バーカ。ぎょっとさせることが必要なんだよ。そして、負い目を感じさせるんだ。わかったら、こっち来い！」

だからって、こんなこと……。

おずおずと元希に近づく。

すると長机に座った元希が、私の両脇に手を差し込んで子どもにするように身体を持ち上げ、膝の上に乗せた。

「元希！　私、重いでしょ⁉　やっぱ下ろして！」

元希の膝に腰かけている状態の私。

これが恋人同士でなかったら、異常な光景だ。

私服は半袖のボートネックブラウスに、膝丈のフレアースカート。

スカートがめくり上がらないように、必死に手で裾を整える。

「あ、膝がこっちじゃダメだ。ほら、逆向いて」

元希が再び私の脇に手を入れ、身体を方向転換させる。私は脚を先ほどとは逆方向に出し、座り直した。

どうやら、ドアの方向に私の身体を向けておきたいみたい。

「これでやつが入ってきたとき、すぐにおまえの顔が目に映る」

「元希……結構、力あるね。重くないの?」

この体勢が恥ずかしくて、ごまかすようなことを言ってしまう。

元希は右側から至近距離で私を見上げる。少しだけ下に位置する彼の顔に、笑みが浮かんだ。

「アヤ、軽いよ。膝に乗せてる分には全然重くないし、さっき持ち上げたときも小学生くらいの重さだった」

「そんなわけないじゃん」

身長百五十五センチ、体重は人並みにある。

元希は私より二十センチくらい身長があるけれど、見た目は細身だ。まさか私を腕だけで持ち上げられるとは思わなかった。脱いだら案外、細マッチョだったりして。

ともかく、この体勢が問題。

またしてもスカートから脚が出ないように、わたわたと手で押さえる私。

「な、足首のこれっていつまでついてんの?」

元希が私の左膝をさわっと撫でた。言っているのは左足首にあるヘナタトゥーのことだ。

　気づいていないと思っていたのに、こいつ、ちゃんと見てる。

「えっと、色素を沈着させてるだけだから二、三週間だって。ヘナタトゥーとか、メヘンディっていうんだ」

　緊張から早口で答えてしまう。変な空気に持っていきたくなくてさらに余計な情報を追加。

「今年の流行はフラッシュタトゥーでね、海外セレブから火が点いたんだけど、そっちのほうが簡単で、今度涼子とやってみようって話で――」

「ふうん、まあいいや。ほら、アヤ、顔こっち向けろ」

　元希が私の話を遮り、あごを捉えた。

　うわ、あごクイ‼

　人生初だ！　だけど、相手が元希とは、なんか歯がゆい。

　しかもやや下側に引っ張られているから、クイというよりグイッて感じ。

「本当は俺の両脚をまたいで向かい合わせに座ってほしいけど、おまえスカートだもんな」

「スカートとかの問題じゃなくて……」

そんなエロい体勢になれないよ。

今だって、オフィスのカップルとしてはハイレベルの密着だ。この光景、ＯＬと上司設定のＡＶのパッケージに見えないかな。

元希は楽しそうに唇をつり上げた。

「あと二、三分で大士朗が来る。それまで、俺とイチャついてろ」

……そう、なんとこれが元希の作戦らしい。

大士朗がミーティングルームに入ってきたとき、私と元希がイチャついていることで、大士朗を驚かせるというのが目的なんだって。

うーん、確かに驚くかもしれないけれど、部下と元カノのイチャイチャで、大士朗が負い目なんか覚えるかなぁ？

そこからどう謝罪に持っていく気だろう。

不審に思いつつ、元希には勝算があるようなので、従っている私。

ところであごクイのまんまなんですけど、ここからどう進むのよ。

ガチガチに緊張していると、元希がいきなり私の右の耳朶《みみたぶ》をかじった。

あごクイからの耳パク⁉

いやいやいやいや、そんなの聞いたことない！

本当になんの前置きもない行動に、私の心臓が大太鼓レベルで打ち鳴らされる。

「なっ！　なにすんの！」

元希はやめない。それどころか、舌を伸ばし、丹念に私の耳朶を刺激し始めた。

耳元で聞こえる濡《ぬ》れた音。否応なく高まる鼓動。

「こんなの！　ダメ！」

「大士朗に復讐《ふくしゅう》してやりたいんだろ？　本当のカップルに見せなきゃ、意味ないぞ。少し協力しろ」

元希が低い声でささやく。

ああ、もう。その声、反則！

低くてセクシーな声に、腰が砕けそうになる。

あんたの声は大好きなんだってば、私！　そんな普段聞かないレベルのささやき声はやめてくれい！

元希の唇が私の首筋に押しつけられる。そして、ちゅっちゅっと音をたてて、あちこち移動する。

冷房で身体が冷やされたとはいえ、絶対に汗の味がするはずだ。ああ、やめて。気まずいし、恥ずかしくて死にそう。

「アヤ」

元希がわずかに顔を離し、私を見上げた。

私は荒くなりそうな息を呑み込んで、彼を見下ろした。

「その顔、最高。このまま大士朗が来なかったらまずいな。俺、止まんないかも」

とっておきのおもちゃでも見るような、いたずらな視線だ。

唇も艶《つや》やかに光っている。

私は涙が滲みそうな目で、ギッと元希を睨んだ。

「バカッ！　こんなときまでからかうな！」

「はは、悪い悪い。ほら、もうちょっと付き合え」

元希の手が私の背を柔らかく這《は》う。優しいキスが鎖骨に押しつけられる。

お芝居とはいえ、こんなのまずいでしょ。おかしいでしょ。

あれ？　もしかして、私、また流されてない？

『ま、いっか』『こんなもんか』っていう、いつもの他人への寛容さを利用されてない？

というか、まずいことがもうひとつ。

私自身が元希の抱擁と唇を心地よく感じ始めているってこと。

エッチ、最後にしたのいつだっけ？　そんなに欲求不満だったのかな、私。

なんてこった、情けなさすぎる！

元希の舌が私のうなじを舐《な》め、危うく声が漏《も》れそうになる。

右手がスカートをたくし上げ、私の腿《もも》を撫でているけれど、もうちょっと触ってほしくなってしまう。

ダメ、私ってば、なに考えてんの？

相手は元希で、これはお芝居で。

ああ、もう！　去れ！　私の煩悩っ‼

しっかりしろ、理性！

――そのときだ。

がちゃりと音をたて、ミーティングルームのドアが内向きに開いた。

元希に翻弄《ほんろう》されながら、私は見た。ちょうど私の正面五メートル先に、薗田大士朗の姿を。

「文……」

大士朗が私を呼んだ。ひどく狼狽した声音だ。

そりゃ、そうだよね。元カノのラブシーンに遭遇したんだもん。

「……よぉ、大士朗。おまえを待ってたんだよ」

私の横から、ひどく低い声が聞こえた。元希が私の首筋から顔を上げる。

大士朗はそのときようやく元希のことを見たようだ。

「っ……元希……」

私は驚いた。

元希の名前を呼びつつ、大士朗の顔色が見る間に変わったからだ。

それまでの狼狽は種類を変え、顔面は蒼白《そうはく》。唇はワナワナ震えている。まるで幽霊にでも会ったみたい。

「なんか、俺のアヤに手ぇ出してくれたみたいじゃん」

底冷えするような低い声は、聞いたことがない種類のものだった。相手を威圧するとき、元希はこんな声色になるのだと初めて知る。

「え？　え、いや、そんなバカなこと……。違うんだ、元希！」

「知らなかったのか？　俺とアヤが一年以上付き合ってたって」

大士朗は「ええ!?」と驚愕《きょうがく》の声を上げる。

私も知らなかったよ。そういう設定なんですね、元希サン。

もういいだろうと、私はするりと元希の膝から下りた。

恥ずかしいし、大士朗の反応が過敏なのが気になり、ことの次第を見極めようとふたりのやり取りに目を見張る。

「しっ、知らなかった！　断じて知らなかったんだ！　元希と文……いや、古町さんが付き合ってたなんて」

元希は長机についた手に体重を乗せ、幾分余裕のある表情で大士朗を見ている。薄く微笑んでいるようにも思える。

「いやぁ、三ヵ月前くらいからアヤの様子がおかしいとは感じていたんだよな。でも、俺もおまえの尻拭いが多くて、忙しかったからさ。つい放置しちまった。失敗したよ。おまえみたいなチャラ御曹司にたぶらかされてたとはな」

ふと気づく。

元希が大士朗を呼び捨てにするのはバカにしているからだと思っていたけれど、今さっきも元希は大士朗を本人の前で名前で呼んだ。

ふたりの関係って……先輩と後輩だよね。

元希が面倒を見てるといっても、あくまで先輩で上司なのは大士朗のほうだよね。

強弱関係が逆に見えるんだけど……。

「一ヵ月、六本木に囲ってたんだな。アヤはこのとおり純粋な女だからさ。すっかりおまえに騙されて、玉《たま》の輿《こし》に乗れるもんだとついていったんだってさ。おまえに婚約者がいるなんて知らなかったらしいぞー」

「それは……あ……古町さんの勘違いで……僕はその……」

しどろもどろで言い訳する大士朗。

私の勘違いとか言っちゃってる。

どうやら、理由はわからないけれど、大士朗にとって元希は怖い相手で、保身の道を探しているみたい。

それにしても、騙した理由を私に押しつけようとするなんて。

わかっていたとはいえ、落胆からとてつもない疲労感を覚えた。

「今度は受付の鈴木侑香ちゃんだろ？　最後のほう、アヤとかぶってたよな。つーか、婚家がこんなこと知ったらどうなるのかなぁ」

「いやっ！　それも誤解で！　鈴木さんはっ、たっ、たまったまっ！　たまたま、帰り道に車に乗せることになっただけなんだ」

大士朗がどもりながら、すがるような目で私を見た。

その目はどういう意味だろう。

鈴木さんとのことは誤解だって言いたいの？　それとも、私から元希を諌《いさ》めてくれってこと？

どっちにしろ、大士朗の口から出てくる言葉に真実なんかありそうにない。

胸を埋めるどす黒い気持ちは、憎しみ、そして悲しみ。泣いちゃいそうだ。

だけど、一応お芝居中だし、心情的にもそんなみっともないことできない。

元希がバカにしたように笑った。

「ま、おまえが痛い目見る方法はなんでもいいや。でも、俺の女を傷つけた罪は償ってもらわないとな。アヤは俺に謝って、申し訳ないから別れるなんて言ってる。でも俺はどうしてもこいつに甘いから、それですっかり許しちゃったし、アヤを手放す気はこれからもない」

そう言って私を引き寄せ、頬にキスをする。

おいおい、やりすぎですよ、元希サン。

「だけど、大士朗。おまえは別だよ。俺の大事な女を横からかっさらって、傷つけてポイ捨てした落とし前はつけてもらわないとなぁ」

芝居がかった脅《おど》しの声に、大士朗が素直にビビる。真っ青な顔で、ふるふる首を左右に振っている。『僕は悪くない』とでも言いたそうだ。

「元希……本当に僕は知らなくて……古町さんに誘われるままに……」

「アヤのせいにしてんじゃねぇよ‼」

元希が怒鳴った。ヒッと身をすくめる大士朗。

「おまえが誘ったってのはわかってんの。おまえの女癖には散々手を焼いてきたもんな。さ、言うことはあるか？」

大士朗がおずおずと室内に入ってきた。私たちの前までやってくると、なにも言わないままその場に正座した。

それから、頭を下げた。

「元希、すまん」

「俺じゃなくて、アヤに謝罪しろ。こいつはおまえに遊ばれてるとは思わなかったんだ。愛情を信じてたんだぞ。ヒルズの部屋で、ずっとおまえの帰りを待ってたんだぞ」

元希が感情を込めて言葉にする。テーブルから下り、大士朗を睨みつけて。

ああ、元希、もういいよ。

あんたが全部代弁してくれた。

裏切られた憎しみを。寂しかった想いを。

「大士朗、立って」

私は我知らず呟いていた。

私に向かって土下座の準備をしていた大士朗が、怖《お》じけた瞳で見上げてくる。

その前に屈み込み、大士朗の腕を掴んで強引に立たせた。

こんな人でも、一時は好きだったから。

愛した人のカッコ悪い姿は、これ以上見たくない。

「鈴木さんからは手を引いて。婚約者さんを大事にしてあげて。私からのお願いはそれだけ」

背の高い大士朗を見上げ、言った。

「三ヵ月、夢を見させてもらいました。ありがとう。でも、これ以上悲しむ女性を増やすなら、許さないから」

「文……本当にごめん。君を好きだと思ったのは本当なんだ。君の明るい笑い声に癒されたのも本当なんだ」

うん、ありがとう。

その愛情が思いのほか早く消えてしまっただけなんだよね。

私たちの別れは、ごく普通の男女のもの。

大士朗が私を騙していなければ、私はもっと穏やかに別れを受け入れられたのかな。

「ごめん、文。ごめん、元希。もう、ふたりには迷惑をかけないから……」

大士朗は背を丸め、何度も頭を下げながらミーティングルームを出ていった。

とっくにキックオフしてしまったサッカーは、タブレット端末か車で観るのかな。

そんなことを考え、重力に負けそうなほどの疲れを感じた。

床にへたり込んだ私の横に元希がやってくる。

「甘い、本当に甘い。どうせなら土下座のビデオ撮って、動画投稿サイトで晒してやればよかったのに」

「はは、それ下手したら捕まるから」

私は力なく笑った。うまく笑えないばかりか涙が溢れてきた。

ああ、私の恋がようやく完全完結を迎えた。続編・番外編ナシ。これでまるっとスッキリ終了。

涙だけが止まらない。

「あんな男なんだよ。忘れろ、一刻も早く。そんで新しい恋をしろ」

元希がわざとなのか視線をそらし、そっけない口調で言った。

「もう恋愛はいいや」

「まーた、それかよ！」

あきれた声で言う元希を見上げ、泣き顔のまま笑った。

「今までの恋愛もずっとそうだった。私は誰かの代わりか二番手。五番手だったときもあった。一番になれない女なの。都合のいい女なんだ」

「アヤ……」

そんな同情めいた声で呼ばないでほしい。

元希から視線をそらし、うつむいた。涙がスカートの膝にポタポタと落ちた。

「これから先もきっとそう。私に寄ってくる男性は、みんな私が便利に見えるんだと思う。エッチさせてくれて、尽くしてくれて、捨てても文句言わない。そんな匂いを嗅《か》ぎ分けて近づいてくるの」

「考えすぎだろ、バカだな」

「今までの彼氏全員がそうだったもん！　私は誰からも本気で愛されたことなんかないんだよ！」

私の怒鳴り声をかき消すように、元希が床に屈み、私を抱き寄せた。座り込んでいた私を自分の胸に閉じ込める。

『元希』、そう名前を呼ぼうと思った。

しかし、呼ぶ前に彼に唇を塞《ふさ》がれた。

下側が少し厚い元希のセクシーな唇で。

これは、キス……。

確認するまでもなく……。

頭の中が真っ白……というわけにはいかなかった。

私は突如として大混乱に陥った。

なんで？　なんで元希が私にキスしてんの？

ええ？　なにがどうしてそうなった？

今、キスしよう的な流れになってないよね？

でも、この優しくて柔らかで心地よい感触は、キス以外の何物でもなく……。

「――っなして！」

私は思いきり元希の胸を押し、顔をそむけた。

キスからは解放されたけれど、彼はまだ私の身体を腕に抱いている。

ただし、真剣だった表情が変わった。にっと笑った元希は、いつものふざけた元希だった。

「お、涙止まったな。ショック療法成功」

ショック療法って、今のキスが？

キスって……そういうふうに使うものでしたっけ？

ふつふつと湧き上がるこの気持ちは怒りだ。

拳を震わせながら、元希を睨んだ。

「仮にも同期にそーいうことする？　普通！」

「ファーストキスならしないけど、アヤは違うだろ？　ほら、少し落ち着いたんだから、感謝しろ」

元希が偉そうに言って、ぱっと両手を離した。

『なにもしませんよー』と言わんばかりに、両手を顔の横で万歳してみせる。

確かに切ない気持ちは吹っ飛んだけど、怒りと混乱で頭からシュンシュンと蒸気が出そう。いっそ、発電もできそう。

顔なんか見ていられなくて、勢いよく立ち上がり、背を向けた。背中に元希の声がぶつかってくる。

「おまえは都合のいい女なんじゃない。たぶん優しいんだよ」

私に届くように張られた声は、よく通る大好きな声だけど振り向かない。

「優しくありません」

現に、この場であんたをぶん殴りたい衝動を耐えております。

「元彼どもは、おまえの優しさに惹《ひ》かれて近づいて、最後は甘え倒して離れていったんだ」

「じゃあ結局、私の性格が問題じゃん」

まだ背を向けたまま言うと、元希が答える。

「それも一因だけど、確率の問題でもあるな。優しさに惹かれるのは、普通の男だってそうだ。おまえがその中からハズレを引き続けたってだけ。確率的に言えば、そろそろ当たりを引くかもだろ?」

私は元希を振り返った。

どうやら、こいつは私を慰めたいらしい。とりあえずムカつくから睨んでおくけど。

「ハズレ引きまくりって、その引きの弱さが私の男運ってことじゃないの?」

「確率に、引きの強い弱いは関係ない。次に当たりを引く確率は、何分の何ですか? 小学生でもわかることだけど、アヤの脳みそじゃわかんないか」

こともなげに言う元希は、決して普段から理論立てたり、統計を持ちだすやつじゃない。

私を元気づけようと、適当なことを言っているだけだ。

例えでイラッとさせてくるあたり、元希クオリティを感じる。普通の男とダメ男の比率がわかれば、答えてやるっつうの。

「プラス思考、プラス思考。泣いてたら、足元しか見えないぞ。目の前にイケメン御曹司が通りかかっても見逃すぞ。次こそ、大士朗を超える優良物件を狙ってけ」

元希はヘラッと茶化す。本当に愛嬌のある眩《まぶ》しいやつだよ。

睨み続けるつもりだったのに、思わずふっと笑ってしまった。

なんか、このやり取りのバカらしさに気づいたら、楽になってしまった。すごく癪《しゃく》だけど。泣いたこともあって、妙にスッキリしたというか。

睨むのをやめ、薄く微笑みを作った。

「御曹司はもうコリゴリ。やめとく」

「ん……そうか」

「でも、恋愛は、次は当たりを引けるように頑張ろっかな」

私が笑うと元希も笑った。

爽やかで、ちょっとだけカッコいい笑顔だった。

「そうそう、笑ってろ。アヤは笑ってる顔が一番いい女に見えるよ」

元希はその笑顔のまま、ストップとでも言わんばかりに、私を指差して言う。

あんたもね。

笑ってると、結構カッコいいよ。

そのあと、元希は仕事に戻り、私は元希のオゴリということで新橋駅近くの〝醍醐〟でごはんとビールで夕食にして、帰ったのだった。

緊張と切なさで埋まっていた胸は、つかえが取れたみたい。

元希の作戦はある意味、大成功だと思う。

ただ、キスのことだけが、いつまでも頭に引っかかっていた。

一緒に住んでりゃいろいろあるさ

会社から帰るとまずシャワーを浴びた。

暑い暑い真夏だ。本日も東京は三十五度ですってよ。

徒歩で通える範囲なのが、逆に苦しい今日この頃。かといって、汐留から新橋までは電車でほんの数分。わざわざ乗るのもねぇ。

新橋駅は日比谷《ひびや》方面と汐留方面でがらりと色が変わる。

安い定食屋や居酒屋が建ち並ぶサラリーマンの街、日比谷サイド。洗練されたベイエリアを目指す汐留サイド。

薗田エアサポートは汐留サイドにあり、ＪR新橋駅からは徒歩五分。元希の家からも十分程度だ。

家からオフィスまでのほとんどは、ゆりかもめの下にあるデッキを歩く。周囲には有名企業の大きなビルやホテルなど高い建物が多く、日陰も多い。

だから、これで『暑い暑い』って言うのは贅沢《ぜいたく》かもしれない。

自分用のアクアベリーの香りとやらのボディソープを泡立てる。

夕食を作ったらまた汗をかきそうだけど、今夜はサラダうどんの予定。あまり火は使わないから、〝大丈夫〟のほうに賭けることにする。

金曜日の夜である。

〝御曹司よ、謝罪せよ作戦〟から三日経った。

あのキスはなんだったんだろう。そんなことを考えながら、私はモヤモヤと過ごしている。

元希はビックリするくらい態度が変わらない。私も、表面上は普通を装っている。

キスの意味。

悩む必要はない。

答えはわかっている。元希は私を慰めたかっただけだ。

ショック療法だなんて嘘ぶいていたけれど、実際は違う。勢いで、過去の情けない恋愛遍歴を暴露してしまった私に同情したのだ。

で、あの一瞬、ちょっとばかしイチャついていた私へ、男として本能的な行動に出ただけ。

泣いてる女を慰めるキスだなんて、ロマンティックじゃないですか。

まー、それが恋愛関係に発展しないふたりの間で起こったたっつうのが事件なんですけど。

ともかく、結論は出ているんだから、私もウダウダ考え続けることじゃないのだ。

あれは純然たる同情！

『ま、あんなこともあったわな。あんときはありがとよー』って笑い飛ばせるくらいでなきゃ。

シャワーから出て、部屋着タイプのステテコとTシャツという、ジャージとあまり代わり映えしない格好になる。

先日の買い出しで、ショートパンツにTシャツとキャミソールの三点セットという可愛い夏用の部屋着は買った。でも昨日、七分丈のステテコを買い直したのだ。

よく考えたら、彼氏でもない元希と同居しながら露出過度な服装をしてたら、欲求不満そうに見えない？

……って、この思考も少し変だ。

明らかにあのキスから、私は動揺している。

滅せよ、自意識！

髪をわしわし拭きながらリビングに戻ると、玄関のインターホンが鳴った。

現在の時刻、十八時半。

あれ、元希早いなぁ。

いや、違うぞ。元希だったら鍵を開けて入ってくるはず。じゃあ宅配便とかかな。

ううん。宅配便ならエントランスから呼ばれるはず。今のは直接玄関に設置されているインターホンのチャイム音だった。

「はーい」

インターホンに出ると、声が聞こえてきた。

「……元希はいませんか？　薗田です」

女性の声……そして、元希と呼ぶのは……。

もしやもしや、彼女⁉

嘘、彼女いないんじゃなかったの？　でも、エントランスで元希の部屋の暗証番号を入力して中に入ってきたってことは……。

どうしよう、私が出ていいのかな。出るしかないよね。

このままインターホン越しに『いません』じゃ、こじれるよね。出て言い訳するほうが誠意を見せられるよね。

ああ、シャワー浴びるんじゃなかった！

「少々お待ちください！」

私はインターホンを切ると、さっきまで着ていた通勤用のブラウスとスカートを身に着ける。洗っちゃった髪を乾かす時間はない。なるべく目立たないよう後ろで大きめのクリップでまとめた。この間、およそ三十秒。

玄関に走り、ドアの鍵を開ける。

「お待たせしました！」

そこにいた人物に、私は二重に驚いた。

「あら、古町さんだったんだ」

廊下に立っていたのは、総務の薗田毬絵さん。

大士朗のお姉さんだ。

元希が言うところの、薗田エアサポートの真の後継者……。

三十二歳、婚約者アリの毬絵さんは、弟とは違い、彫りの深い顔立ちが日本人離れした美女。

メイクはブラウン基調でシックなんだけど、不思議と華やかに見える。私服は嫌味なく着こなしたハイブランドのワンピース。

私なんかじゃいつもべたべたと首に張りついちゃう髪が、彼女の場合、美しく巻かれ、さらりと肩と背中で踊っている。

私とは世界の違う毬絵さん……。

今思えば、確かに『薗田』と名乗っていたっけ。そんな毬絵さんがどうしてここに？

「あの……も……青海くんはまだ会社で……」

「ああ、そうなんだ。さっき第一営業部を覗いたらいなかったから、てっきり帰ったのかと思って。きっと、ミーティングかなにかで席を外していたのね」

毬絵さんは「失敗失敗」と可愛らしく笑う。

テヘペロしても違和感ナシ。美人ってお得。

しかし、毬絵さんと元希の関係性が見えない。

「私は！　今日は青海くんの家に荷物が届くそうで、同期のよしみといいますか、受け取り係として留守を預かりまして！」

勢いよく言いきる私。

これは、さっき着替えながら必死で考えた、訪問者が元希の彼女だった場合の言い訳パターン。

こんなことを言っても絶対に納得はしてくれないだろうけど、なにも言わないよりマシなはず！

え？　そうでもない？　沈黙は金？

「まあ、そういうことなのね。ごめんなさいね、急に訪ねてきて。また会社に戻ってみるわ。おじゃましました」

毬絵さんは私の無茶な言い訳をさらっと受け入れ、お辞儀した。私も頭を下げ返す。

彼女の美麗な姿がドアの向こうに消え、去っていく足音が遠くなり……。

私はため息をつきながら、玄関にへたり込んだ。

ああ、今の一瞬の事件はなんだったんだろう？

総務部の才媛、我が社の後継者、そして元彼のお姉さんである毬絵さんが、どーしてどーしてどーして元希の家にお越しになっちゃったわけ？

『元希』って、名前で呼んでたし。

もしや、付き合ってるとか？

いやいや、だって毬絵さんには婚約者がいるんだよ？

広報企画の安島部長だよ？　我が社期待のエリートだよ。

は！　もしかして、浮気だったりして……。

毬絵さんと元希は昔から愛し合っていて、でも会社のために毬絵さんには社内の有望株との婚約話が持ち上がって、ふたりの付き合いは極秘になったのかもしれない！

大士朗が元希に対してあんなにビビッていたのも、そのあたりに原因があるんじゃない？　姉の年下彼氏に頭が上がらなかったんじゃないの？

しかも、大士朗さえしっかりしていれば、毬絵さんの婚約話も出なかったたっつーことで、大士朗はふたりに多大な負債があり、余計、元希に文句が言えなくなり……。

ぐるぐると妄想をかき混ぜながら、私の中で勝手に結論ができてくる。

元希と毬絵さんの切ない純愛ストーリーが。

……はぁ。

ストーリー完成とともに、ひとつ大きくため息が出た。

玄関、暑い。通勤服も汗でべたべただし、シャワーもう一回は確定かな。

なんだか力が出ない身体を引きずり、リビングに戻る。

サラダうどんの野菜、切っとかないと。

きゅうり、トマト、レタス、オクラ、みょうが……。

いやあ、野菜を切っていると無心になれますなぁ。妙にモヤついた心が素直になりますなぁ。

すると、ピロリンとスマホが鳴る。

アプリのメッセージ。元希からだ。

【今夜は外で食べるんで、夕食いらないよ】

外で……それは毬絵さんとご一緒ってことでしょうか。

「遅いよ。連絡が」

絶対に届かない文句を呟いた。


二人前の野菜をすべて一人前のうどんにぶち込んで、ひとりで夕食を済ませると、シャワーを浴び直し、ビールタイムにした。

ふはー、うまい。

ビールの爽快感で、飛んでけ、モヤモヤ気分!

贅沢にも、部屋の角の部分が大きく窓になっているこのリビング。外には浜離宮《はまりきゅう》が見える。

薄く墨を刷《は》いたような空を眺め、夏の緑が宵闇に染まっていくのを見送った。

はー、今度あのあたりに散歩に行こう。もちろん、ひとりで。

ソファに転がり、手足をぐーんと伸ばしてみる。

帰ってきたら、元希にそれとなく聞いてみよう。

決して個人的興味ではなく、どんなかたちであれ毬絵さんとの間に想いがあるのなら、私は早々にこの部屋を退去せねば。

毬絵さんがさっきの話を信じたかどうかは別として、いい気分なわけないもん。

エアコンの風を浴びながら、テレビを点けた。

観たことのないバラエティ番組を視聴しつつ、時間を潰す。

ダメだ、頭に入ってこない。なんか虚脱感、半端ない。

テレビは潔く消した。代わりにスマホで不動産サイトにアクセス。

新しい部屋を探そう。そのほうが建設的だ。


そうこうしているうちに二十一時過ぎになり、玄関のドアが開く音が聞こえた。

元希が帰ってきたのだ。

「ただいま。うぉ、すげーダレてんな」

ソファにひっくり返る私を見ての、お言葉だ。

私はただでさえ大きくない目を細めて、元希を眺める。

「ダレてますけど、悪いですかね」

「悪くないけど、今日はごめんな。連絡遅くなった。夕方、毬絵さんが来ただろ？」

思いもかけず、元希のほうから毬絵さんの名前が出た。

「毬絵さんと飯食ってきた」

がばっと身体を起こす。

こういうのは勢いが肝心!

「あちぃあちぃ」と冷蔵庫から麦茶を出してくる元希にはっきりと問う。

「毬絵さんと付き合ってる?」

「へ? 俺と毬絵さんが?」

グラスを持ったまま、元希が間の抜けた返しをする。

ええい、ごまかす気かね!?

「家に訪ねてくるなんて、親しそうに見えたから……名前呼びだったし」

「あー、なるほど! でも残念ながら、毬絵さんの彼氏はご存じ、広報企画の安島部長だよ」

「だから、元希は秘密の相手とか……」

私の推察を遠慮がちに口にすると、元希が「ぶはははは」と笑い声を上げた。

「なにその昼ドラ設定! 俺と毬絵さんが? ぶはははは!」

「ちょっ……なに笑ってんのよ。もしそういうことなら、すぐにでも引っ越そうと、こっちは新居を検索してたっていうのに!」

不動産サイトのオススメ物件が表示されたスマホ画面を見せた。

元希が麦茶入りのグラスをテーブルに置く。私の元に歩いてくると、スマホを取り上げ、勝手にブラウザを閉じた。

「ああっ、まだ保存してない！」

私が怒ると、彼はスマホを放って返す。

それはどんくさい私の手をすり抜け、ソファでバウンドした。

「引っ越しの必要ナシ。こんなもん消してよし。……俺と毬絵さんの関係、知りたい？」

元希がなんだかいたずらっ子の表情をしているのがムカつく。まるで、私の弱みでも握ったかのようだ。

私は頷くことも拒否することもできない。ぼそっと呟いた。

「どうでもいいけど、人に迷惑をかけてるなら嫌だと思っただけ」

元希にはそれで充分な答えだったようだ。

ニコッと笑って口を開く。

「俺と関係が深いのは、弟の大士朗のほう。俺と大士朗は、中学から大学まで同じ学校なんだよ。学年はあっちが上だけど」

「え？　そうなの？」

初耳だ。それに、大士朗が出た大学って、私大としては国内最高学府じゃなかったっけ？

「中高は二個上、大学はあいつが留年二回してっから同学年。知らなかった？　あいつ、うちへの入社も俺たちより半年早いだけなんだ。ほぼ同期だぞ」

「えええ⁉」

結構衝撃の事実なんですけど。

私、ずっと二年先輩だと思ってたよ。

「親同士も知り合いだったから、中高と親しく……？　うーん、まあ微妙な関係で付き合ってきた。俺は当時からお目付け役だよ。あいつの女遊びの。あいつが面倒を起こしては、俺が対処して、毬絵さんや社長ご夫妻が俺に『ごめんね』って謝りに来る関係性。わかる？」

「わかんない。なんで年下のあんたがそんなことするのよ」

「大士朗の面倒を見てやれって言ったのは、うちの親なんだよ。ほら、知り合いだからさ、薗田の家が息子の乱痴気騒ぎで傷つくと、かわいそうだと思ったんだろ。まー、俺も完全にはフォローできてなかったけど。そんなにやつと仲よくしたくなかったし」

そこまで言われるなんて、この前しおらしく謝った大士朗はどれだけの放蕩《ほうとう》息子だったんだろう。

元希の話の裏づけのため、ちょっとふざけた口調で聞いてみる。

「ちなみに、元希が処理した大士朗坊っちゃん最大の事件は？」

「えー？　そうだな。大士朗が二股かけて、ひとりが想像妊娠、ひとりが自殺未遂で、その友達……あ、この子も元カノなんだけど、ネット上で薗田エアサポートの名前を出してこのゴシップを拡散しようとして……」

「あ……もういいです。予想よりヘビーだったんで、お腹いっぱいになりました」

聞くんじゃなかった。

もう大士朗に未練があるわけじゃないけど、あんな男に軽く引っかかった自分が改めてバカすぎて泣ける。

ううん。それはもう終わったことだし、ひとまず今は忘れましょうね、はい。

「おまえなぁ、そのヘビーな話を片づけたのは俺だぞ。女三人をあらゆる手を使って黙らせて、ネットで炎上しないように手配して。そんときは毬絵さんが三ツ星フレンチをオゴってくれたけどな」

それはそれは。元希、完全に苦労人ポジションじゃん。

なんだろ、元希のご両親って薗田社長にご恩でもあるのかな？　息子を御曹司のお目付け役で差しだすなんて。ご両親はうちの社内にはいないから、社長の部下ではないと思うんだけど。

それにしても、大士朗のこの前のビビリ具合から察するに、ふたりの仲が良好だったかは怪しいところだ。

「毬絵さんとはその頃から知り合いなんだね」

「そう、毬絵さんは当時から姉貴みたいな存在。今回のアヤのことも大士朗本人から聞いたみたいで、わざわざ俺に謝りに来たんだよ」

え？　それじゃ毬絵さんがお越しになったのは、大士朗が元希の彼女……私という設定なんだけど……そこに手を出したことに対する謝罪？

毬絵さんイコール元希の彼女説はナシ？

「夕方、ここに来たとき、なんかアヤが必死にごまかそうとしてるところが可愛かったって言ってたぞ」

「そりゃ、ごまかすよ！　こっちは毬絵さんと元希の間に割って入っちゃったと思ったんだもん！」

毬絵さんには私のごまかしがバレバレだった上、元希の彼女って目で見られていたなんて。

恥ずかしい。

恥ずかしすぎて、今すぐ毬絵さんのところに走っていって、言い訳したい！ できないけども！

「俺と毬絵さんが付き合ってなくて安心した？」

がっくりとうなだれる私に、元希が麦茶のグラスを片づけながら聞いてくる。

「安心した」

思わず反射で答えてしまった。その答えに彼がニヤリと笑うではないか。

私は慌てて言い直す。

「まだここに住んでいてもいいんだってことでね！　変な意味に取らないでね！」

「はいはい」

元希はなにやら上機嫌で、自分の部屋に着替えに入っていった。

なんなんだ、あの態度。

それにしても、キスに慌てて、彼女らしき人の存在に慌てて……。私、なにやってんだろう。

ひとり空まわっていたことが恥ずかしく、元希と顔を合わせないように、さっさと自室に引っ込んだ。

毬絵さん来訪から一週間、またしても金曜日の夜がやってきた。

私は少しの残業を終え、小さなスーパーに寄り、帰宅中。今日の夕食は冷しゃぶとサラダのつもりだ。元希は二十時に帰宅予定とのこと。

明日のためにラタトゥイユ用の野菜も買っておこう。金、土は二日連続で私が夕食係だったりする。

二日分の献立を頭の中で組み立てた。同時に元希の反応も想像する。結構なんでも食べてくれるけれど、ラタトゥイユはどうかな。嫌いな野菜ってあったっけ。肉でも焼いて、一緒に皿に盛り合わせたら食べやすいかな。

二日分プラス日曜日の朝までの食事が固まったので、買い物を済ませ、元希のマンションに帰った。

換気をしてエアコンをつける。手を洗ったら、夕食の準備にかかろう。

ここに帰ることも、帰ってからの手順も、だいぶ慣れたなぁと思う。

なんだかんだで、元希と同居を始めてから二週間が経った。

私と彼の生活は一定のペースを守り、順調だ。

なるほど、元希の言う『仮想結婚生活』という意味がわかる気がする。誰かとペースを合わせ、寝起きをともにする。誰かのことを考えながら食事を作り、掃除をする。

これには慣れが必要だ。距離感や空気感を学ぶには、一緒に住んでみないとわからないことも多い。

今、私たちはお互いのちょうどいい距離を保ち、うまくやっている。

毬絵さんの一件から、いっそう周囲にバレないように気を遣って過ごしているけれど、今のところ元希と一緒にいるシーンを誰かに見られたことはない。

うーん、現時点ですっごく安泰。

居心地よすぎて心配になるなぁ。

毬絵さんといえば、彼女の襲来事件からなんとなく、ふたりのことを注目して見てしまう。

といっても、私が本社に顔を出すのって、毎日の経理部通いか、営業関連の部署から呼ばれたときくらいなんだけど。

この数少ない本社行きで、私は一週間のうちなんと三回も元希と毬絵さんが話しているのを見かけてしまった。

昼休みに玄関前で談笑していたり、本社の朝礼後に毬絵さんが呼び止めていたり。

元希と毬絵さんの仲は本当にいいみたいだ。

『確かによく話してるのを見るね』

これは経理部の涼子の証言。

『毬絵さんが青海を見かけると声をかけるって感じかな？　そういえば、入社したばっかりの頃は、青海と毬絵さんの熱愛説が女子の間で流れたよ。毬絵さんが安島部長と婚約したから消えちゃったけど』

隣の建屋なのに、本社の噂が流れてこないという物流部の辺境ぶりは置いておく。

涼子は続けて言った。

『ま、私は青海が見てるのが文だってわかってたから、全然その噂は信じてなかったけどねぇ』

涼子はどうしても私と元希をくっつけたいらしい。

きっと、努くんと仲のいい元希が私と付き合えば、四人で遊びやすいとか、そんなことを考えてるんだろう。勝手にお膳立てしたって無理だぞ、このヤロー。

……と、それた話を戻しまして。

毬絵さんとの関係は元希の口から聞いたけど、それにしたって仲よすぎじゃない？

これ、婚約者の安島部長も心配しちゃうんじゃない？

『姉貴みたいな存在』って元希は言っていた。

言い換えれば、隣の家のお姉さんに恋してしまいがちな思春期に、元希の一番近くにいた女性が彼女ってことで……。

　面倒な先輩の世話を焼くたびに心配してくれて、『ごめんね、迷惑かけて』なんて言ってくれる麗《うるわ》しいお姉さんに、元希少年の心が甘酸っぱく燃え上がっていたって可能性はない？

　あー、ある。

　これはある線だよ。

　毬絵さんの気持ちはいざ知らず、ぜーったい、元希は毬絵さんを好きだった過去があるはずだ！

　間違いない！　古い言いまわしなのは重々承知だけど、このムッツリスケベ！

　毬絵さんとの過去は語りつつ、そのウブな恋心の思い出は胸に秘めやがったわね！

「お湯めっちゃ沸騰してるけど、なにゆでるの？」

「うわああっ！」

　いつの間に帰っていたのだろう、真横に元希がいた。ぐつぐつお湯が煮えたぎる鍋を覗き込んでいる。

「考え事してただろ？　お湯少なくなってんぞ」

「はは、ガスの無駄遣いしてごめん。ガス代は多めに徴収してくれい」

必死でごまかす私。

あー、もう。どんだけぼーっとしてたんだろう。

しかも、元希と毬絵さんのことを妄想するなんて、無用すぎる。

「なに考えてた？」

相変わらず、意地悪ポイントを外さないのが元希。私が慌てていると見るや、突っ込みを入れてくる。

えーと、なんて答えよう。

本当のことは絶対に言わない！

言い方間違ったら、私が元希のことを好きで、気にしてるみたいになっちゃうもん。

「うーん、女子の秘密」

「はい、意味わかんねー」

「涼子から個人的に相談されたこと！　こればっかりは誰にも言えない」

伝家の宝刀、〝親友からの相談〟！

こう言っておけば、無神経男の元希もこれ以上突っ込めないでしょう。

案の定、元希は私を困らせようという気持ちを引っ込めたらしい。代わりに片眉を下げ、心配そうな表情を作る。

「そっか。ならいいや。俺は、またアヤがあのバカ御曹司のことでも思い出して悲しくなってんのかと思った」

バカ御曹司……それは大士朗のことで間違いない。

正直言って、全然思い出してない。

〝やっつけろ作戦〟以降、すんごくスッキリしちゃって、頭の中から消え失《う》せていたと言っても過言じゃないかも。

「やだなぁ、完全に吹っきれてるよ。涼子からの相談が結構シリアスな感じだったから、私も真顔になっちゃってたかも。夕食、すぐ作っちゃうね」

「ん、わかった」

元希は納得したように頷いた。

ふう、まずいな。

元希と毬絵さんのことを真剣に考えても意味ないでしょ。

この同居人、結構鋭いところあるし、気をつけよう。

「あ、元希。上の棚のサラダボウル取ってくれる？」

「お任せあれー」

着替えに行こうとしていた元希が、くるっとUターンしてくる。

私より二十センチは高い彼は、少し背伸びをしただけで、流しの上に設置された棚に手が届く。

「男手があると便利ですなぁ」

「高いところのものを取るのと、瓶の蓋を開けるのと、米買ったときにはな」

確かにそうだけど、自分で言うと自虐的ですよ、元希サン。

彼からサラダボウルを受け取ると、私は手早く夕食の準備を始めた。

翌日の土曜日は、元希と大々的に掃除をした。

シーツとタオルケットを洗い、布団を干す。ロボット掃除機が掃除した床を、さらに雑巾拭き。お風呂と洗面台を洗い、窓も磨く。

なにしろ、このちょっとリッチな部屋は、元希の伯父さんのものなのだ。留守を預かる身として、管理業務は欠かせない。

私は直接お礼を言える立場ではないから、せめて綺麗に掃除くらいはしたい。

「アヤー、昼飯どうするー？」

ベランダを掃《は》いていた元希が、トイレ掃除中の私に向かって声を張り上げる。

私は顔だけ廊下に出して答えた。

「考えてなーい！」

時刻はもう十二時を回っている。夕食の材料とパン以外は、カップ麺と卵と牛乳くらいしかない。

「夕食はなんだっけ」

「えーと、イタリアンっぽくする予定」

「じゃあさ、被らないようにラーメンでも食べに行こう」

元希が提案し、私はうーんと渋い顔をしてみせる。

ベランダと廊下じゃ距離があるから、彼には私の顔も見えないかもだけど。

「最近、太った気がするからラーメンは怖いなぁ」

元希とほぼ毎晩がっつり夕食を食べているので、ここ二週間でなんとなくフェイスラインが丸くなったように思う。ただでさえ丸顔なのに。

ひとり暮らしに不足しがちな野菜なんかはよく摂れてるとは思うんだけど、メンズレベルで肉とごはんを食べてちゃ太るよね。

うーん。同居生活、新たな発見。男子と同量の飯は食うな。

「〝醍醐〟のランチは？　定食やってるだろ」

元希が新たな提案を出してくる。

「あー、いいねー。夜に飲みには行くけど、〝醍醐〟のランチって食べたことないんだよね」

「オフィスで事務作業してるとそうだよな。俺は何度か食べたことあるけど、うまいよ。肉豆腐定食がオススメ」

「おお！　私、それにする。〝醍醐〟に決定～」

よし。そうと決まったら、さっさとトイレ掃除も済ませなきゃ。私はトイレブラシをジャカジャカと便器に押しつける。

「外、すっげぇ暑いから、それだけがネックだよな」

ベランダを掃いただけで汗だくの元希が、廊下に顔を出して言った。

今日も猛暑日だ。ごはんを食べてくるだけで、ちょっとした苦行の予感。

〝醍醐〟は新橋駅の向こう、日比谷サイドにある。

肉豆腐定食は期待を裏切らないおいしさだったけれど、案の定、行きも帰りも汗だくになった。

シャワーの優先権を元希に譲り、午前中いっぱい干した布団とシーツを取り込む。

熱いくらいになった布団はリビングのエアコンでクールダウン。私は麦茶を出してきて、ゴクゴクと飲んだ。

シャワーを浴びたら、今日の午後はなにをしようかな。明日、元希は出かける用事があるらしい。

せっかくだから、午後はふたりでできることでも……。

そう考えて首をブルブルと横に振る。

なーにを考えとるか、私は。

恋人同士じゃないんだから、『一緒に過ごそうね』的な考えをナチュラルにしちゃいかんでしょーが！

そうそう。元希は詳しく言わないけど、明日の外出だって、案外どこかの婦女子とおデートかもしれないしね。

「アヤー、シャワー空いたぞー」

元希が廊下で言っている。私は返事をして、着替えを取りに部屋に戻った。

シャワーを浴びてさっぱりし、リビングへ。

気分もスッキリと思いきや、目の前の光景にビックリする。

なんと、元希がリビングに投げだした私の布団の上に転がっているではないか。

「ちょっと！　元希！　なんで寝てんのよ」

布団というプライベートスペースを侵《おか》され、途端に慌ててしまう。

だって、匂いとか！　ねぇ⁉

以前の引っ越しのとき、運んではもらったけれど、寝ていいとは言ってない！

「大丈夫。髪は乾かしたから」

「そういうことじゃなくて！」

「いやー、お日様の匂い最高。あ、シーツ取り込んでくれてありがとな」

「シーツはいいけど、私の布団！」

うっかりしまい忘れた私が悪いんだけどさ！

元希は私の抗議も完全無視でゴロゴロしている。匂いは……お日様の匂いになってるらしいから、よしとしよう。

「いーから、アヤも寝てみ？　すんごい気持ちいいぞ」

うう、確かにふかふかで気持ちよさそうではある。

お腹もいっぱい、シャワーでスッキリの休日昼下がり。布団に転がったら気持ちいいだろうなぁ。

単純な私は、その言葉につられて、フラッと元希の横へ。

元希は布団を横に使って上半身を乗っけているので、私は反対の端に同じく横になってみる。

「なんてこった！　気持ちよすぎる！」

「だろだろー？　まずいよな。人をダメにするぞ、お日様布団は！」

表面は冷房でひんやりとしつつも、布団の芯の部分はまだ温かい。普段の倍くらいふんわりとしていて、お日様のいい匂い。

元希の言うとおり、人をダメにしそう。このまま布団虫として生きていきたくなる。

「どうしよう、起きたくなくなった」

「もう、このまま昼寝しちゃおうぜ」

元希がグッドアイディアと言わんばかりに目を輝かせて提案した。

すかさず拒否の姿勢の私。

「やだよ、元希と並んで昼寝なんて！」

「なんで？　寝相悪い？」

「そーいうわけじゃ……」

自意識過剰なのか、私は。

……うん。自意識過剰だ、私は。

なにも起こらないけど、並んでたら眠れないなんて。

元希は小学生の男子同士くらいの軽い気持ちで言っているに違いない。

「ふーん。じゃあさ、この布団の角度を変えてテレビ観られるようにしよう。そんで、ゆうべ録画してた映画でも観よう」

元希がなかなか素敵な提案をしてくる。

自意識に惑わされていた私だけれど、のんびり休日提案に心が揺れる。

めっちゃいいじゃないですか、そのゆるゆる感！

「ちなみになにを録画したの？」

「えーと、デカい森の妖精と幼女が出てくるほんわかアニメ」

元希が普通に可愛い答えを返すので、思わず笑ってしまった。

「あははは！　あんた、妖精って！」

「え？　なんで？　観たくね？　俺は観たい」

「いや、私も観たい」

私たちは布団をソファに横付けし、転がっても座ってもOKな態勢を作る。

DVDプレーヤーの電源をつけ、手が届くところにペットボトルのお茶を置き、宿題に飽きた小学生男子のような昼下がりがスタート。

私と元希の午後は、そんなふうにのんびりと過ぎていった。

まあ、なんというかすこぶる居心地よく……。


翌日の日曜日、朝食を食べるとさっさと元希は出かけていった。

なんの用事かは知らないけれど、干渉しないというのは、同居人として当たり前のことのような気がする。

洗い物と洗濯を済ませると、スマホに涼子からメッセージが来ていた。

【銀座！　バーゲン！　よろしく！】

あの子、私が日曜日になんの予定もないと踏んでいやがるわね。

ああ、なんの予定もないさ！　年頃なのに、寂しい日曜日さ！

【十一時でいい？】

なんて、返信してしまう私は、お人よしなんじゃない。急にできた予定をありがたがる、彼氏ナシ二十五歳だ。

「最近、バーゲンもしょっちゅうやるから、ありがたみがないよねぇ」

有楽町《ゆうらくちょう》で待ち合わせた涼子は、そんなことを言いながら、お目当てのブツをしっかりスマホでチェックしている。

「ネットで買えば？」

一応、突っ込んでみる私。

そうなったら、私が付き合う理由もなくなるんだけどさ。

「ネットの価格はチェック済み。どっちが安いか比較検討したいの。あと、本気の買い物は試着したい」

なるほどねぇ、今日は一日コースだな。

旦那様の努くんは涼子の買い物欲求に付き合いきれず、今日は家で寝ているそうです。いやぁ、お気持ちわかりますよ、努くん。

「あ、水着も見よう！　うちの夫婦、お盆休みはお墓参り方々、三浦《みうら》半島のほうに行くんだ」

「へー、海かぁ。いいねぇ」

「文も買おうよ。どうせ、何年も買ってないんでしょ？」

「プールとか行かないからさ～」

私の消極的な『買いません』の意思表示を無視して、涼子が思いついたように言う。

「そうだ！　例のダブルデートの件、プールにしようよ！　八月の後半にさ！」

「は？　なんで？　嫌だけど」

今度は控えめに答えたりしない。全否定ですわ。

だって、ダブルデートって、あなたたち夫婦と私と元希でしょ？

なんで元希に水着姿を晒さなきゃいけないのよ。すでにスッピンも寝癖頭も色気のない部屋着姿も披露してるし、これ以上なんにも見せたくない！

「え～、絶対楽しいよ～？　文が嫌なら、経理の後輩女子を誘っちゃうよ？」

「そうしなよ」

「青海のこと気になるって子、結構多いんだけど、知ってる？　いいの？　文が来なかったら、青海が人のものになっちゃうよ？」

「いいよ。あとにも先にも、元……青海は私のものじゃないし」

『元希』と呼びかけて慌てて修正。

名前呼びをミスったら五百円をブタさん貯金箱へ、なんてルールを設定されてしまったけど、私は五百円を二度入れただけだ。最近は『青海』より『元希』ですっかり慣れてしまった。

涼子や会社の人の前では、いっそう気をつけないとなぁ。

「青海の人気なめてると痛い目見るよ。他の女子とくっついたあとで泣いたって知らないんだから」

「泣かない、泣かない」

「も～、文～！　……あ、プールでなくて来週の花火大会でも可！」

めげない涼子は相変わらず私と元希をくっつけたいご様子だ。こういったやり取りはもう何年もしているし、別に流すからいいけど。

元希が人気ねぇ。実感ないなぁ。


結局、この日は夜まで涼子の買い物に付き合うこととなった。

たくさんの買い物の品々。

まったく決まらない涼子の水着。

意地でも買わない方針の私の水着。

夕食は歌舞伎座《かぶきざ》近くで、創作中華のコースだった。

いかにも女性向けでございといった店は、オシャレなカフェみたい。白い壁、デザイン家具のテーブルと椅子。涼子の好きそうな感じだ。

奥の一面がガラス張りで、ビルの五階にあるため、新築の歌舞伎座が見下ろせる。

ふたりで今日の戦利品についてトーク。といっても涼子のものばかりだ。

結局、涼子はフリンジビキニをお買い上げし、私は断固拒否で買わなかった。

ふと視線を窓の外に流すと、はるか下の地上に、見慣れた人物がいるのを見つけた。

あ、あんなところに元希がいる。

遠目だけど、間違いない。今朝、着ていたシャツだもん。似合うなぁと思ったから覚えている。

まさか元希も銀座に来ていたとは。

彼は今まさに劇場正面に出てきたといった様子だ。観劇を終えたばかりのよう。

そして、その横を見て私は息を呑んだ。

毬絵さんだ。

毬絵さんがいる。

元希の隣に並んでいる髪の長い女性は、間違いなく薗田毬絵さん、その人だ。

表情まではよくわからないけれど、元希を見上げているのはわかる。

毬絵さんが背伸びしたように見えた。元希にぐっと近づく。

まさか、キスなんか……してないよね。きっと、髪になにかついていたとか、そういうことだ。

しかし同時に、会社で見かけた元希と毬絵さんの姿が脳裏をよぎる。

楽しそうに笑い合うふたり。みんな知らないけれど、それは彼らが幼い頃から育んできた絆《きずな》によるものだ。

私にはわからないふたりの関係。

やっぱり……元希はあんなことを言って否定したけれど、ふたりは恋仲なんだ。

そうでなければ、こんなところで仲よさそうに寄り添っている姿を見かけるはずがない。

「文、どうしたの？　食べないの？」

運ばれてきた前菜を前に、涼子が不審な顔をする。

私は慌てて彼女のほうを向き、笑ってみせた。

手にした箸が震える。

元希は同居人の私にも言えない秘密の恋をしているんだ。

日曜日の夜、ふたりで観劇か。きっと、朝からずっと一緒に過ごして、締めが歌舞伎なんだね。大人だなぁ。

元希、年上の毬絵さんに大人っぽく見られたくて、こんなデートを企画したの？

胸が疼《うず》く。

私ってば、なにがショックなんだろう。

元希がごまかしたことかな。毬絵さんと付き合っていないって嘘をついたことかな。

私、そんなに信用ない？

いや、慎重を期すのは、それだけ毬絵さんが大事ってことなんだろう。

でも、いいじゃんねぇ、話してくれたって。

私だって弱みを見せたんだから、元希だって私を信頼してよ。

誰にも言わないよ。

今だって、涼子に気づかれないように視線をそらして、彩りが綺麗な前菜を楽しんでいるふりをしてるんだよ。

おいしいはずの創作中華はまったく味がせず、私は震える手に変な汗をかきながらディナーを終えた。

ああ、こんなはずじゃなかった。

いっそ、知らなければよかったなぁ。元希と毬絵さんの秘密の恋なんて。

私、バカだから、知らん顔できないよ。

絶対、元希への態度が変になっちゃうよ。

「さーて、明日からまた頑張りますかな」

涼子がビルを出るなり、両肩にショッパーバッグをぶら下げ、伸びをする。

胸がチクチクモヤモヤな私は彼女のあとに続き、のっそりビルを出た。

そのとき、私の目には新たな光景が……。

「文、あれって……」

涼子にも見えているらしい。

私と涼子の前、晴海《はるみ》通りを腕を組んで歩くふたり。女性のほうがこちらに気づいた。

そして、わかりやすく硬直する。

……物流部の田中部長と三谷さんだった。

出ました、不倫カップル。なんて日だろう。

まったく気づいていない田中部長の背をそっと押して、逃げるようにその場をあとにする三谷さん。

私と涼子は呆気《あっけ》に取られ、その光景を見送ったのだった。


「……そんなこと言われて、『はい』なんて頷くと思ったんですか?」

場の空気を一撃で冷えたものにするのは、涼子の声。

私たちの前には物流部の先輩、三谷さんが硬い表情で座っている。

私と涼子は月曜日の終業後、三谷さんに呼びだされた。

同性の先輩の呼びだしといっても、今回立場が弱いのは三谷さんのほう。案の定、汐留シティセンターのアメリカンなカフェで待っていた三谷さんは、おどおどと私たちの顔色を窺っていた。

『昨日の件なんだけど……』

オーガニックアイスハーブティーとやらが三つ届いてから、ようやく三谷さんが口を開いた。

『田中部長との件ですよね。今さら、言い訳しても無駄ですよ』

涼子がバッサリと話を一刀両断する。

『噂では聞いてましたけど、やっぱりねーって感じです』

三谷さんがうなだれた。

たぶん、言い訳をたくさん考えてきたんだろうな。

偶然会っただけとか、奥様へのプレゼントを選んでたとか。そーいう類《たぐい》のありそうな言い訳。

私は気まずく黙り、ローズヒップやハイビスカスが入っていそうなアイスティーにストローを入れる。

涼子は攻撃の手を緩める気はないらしい。

『社内不倫とか、恥ずかしくないんですか？』

涼子は元より正義感が強く、気も強い。曲がったことが嫌いなのだ。さらには自分が人妻だということも、三谷さんを責める理由になっているみたい。

『田中部長の奥様に知られたら、慰謝料請求されますよ。あと、社内的にも同じ部署にはいられないでしょう。案外、田中部長なんか早期退職に追い込まれちゃうんじゃないですか？』

『だから！　ふたりにはお願いがあって……』

三谷さんは、涼子と真逆で気が弱く流されやすいタチだ。女性的で優しいけれど、正義より、目先の幸福に飛びついてしまう。大それたことはしないように見えるのに、実は人に流されるまま、とんでもないことをあっさりやってのける……という典型的なタイプ。

二年も同じ部署で仕事をしていれば、性格のいいところも悪いところもわかってしまう。

『田中さんとのこと……黙っていてほしいの』

『はぁ？』

涼子が顔をしかめた。そして、冒頭のセリフだ。

そんなこと聞いて黙ってられるかってーの。……という意味合いの。

「バレたらどうなるかの覚悟も決まってないんですか？　それでよく不倫できましたね。私、全っ然ためらいませんよ。ソッコー総務にチクりますよ」

「お願い！　金村さん！　そんなこと言わないで！」

三谷さんが悲鳴のような懇願をする。

私は加勢することも止めることもできずにいた。

正直に言えば、彼氏の浮気で痛い目を見続けてきた私は、田中部長と三谷さんの不倫に嫌悪を覚える。

逢《あ》い引《び》きで仕事をバックレられたりもしたし、奥さんや会社にバレちまえーって気持ちもある。

でも、脳裏によぎるのだ。

昨夜の光景が。

田中部長と三谷さんの件じゃない。元希と毬絵さんの姿がよぎるのだ。

ふたりの関係がやはり恋なら、浮気にあたる。

純愛でも、毬絵さんには婚約者がいるのだ。しかも、毬絵さんは会社を背負って立つ人で、元希が万が一、彼女をさらって駆け落ちなんかしちゃった日にゃ、大騒ぎなんてもんじゃないだろう。

三谷さんたちの不倫を否定したら、元希と毬絵さんの関係も応援できない。

いや、そもそも私は応援したいと思ってる？

応援したいなら、このモヤついた気持ちは違うんじゃない？

「あの、不倫をやめることは……できないんですか？」

私の質問は恋を知らない少女のようだった。返ってくる答えはわかっているのに。

思ったとおり、三谷さんはうつむきがちに首を左右に振った。

「できない。……田中さん、お子さんが成人したら奥様と離婚するって言ってくれてるの」

「下のお子さん、確かまだ小学生ですよね」

十年近くも待つ気なのだろうか。

私の問いに、三谷さんはコクリと頷く。

「覚悟の上よ」

横から涼子がきつい声音で言う。

「バレたときの覚悟もない人が、十年も待てるとは思いませんけど。ちなみにお盆休み、田中部長がどこに行くか知ってます？」

涼子の挑むような問いに、気弱ながらムッとしている三谷さんが強い口調で答えた。

「ご家族でハワイでしょ？　知ってるわよ。でも、それはいつか穏便に離婚するために必要なことなんだから」

「ははぁ、お子さん三人とも私立ッスよ。田中部長が五十四歳でしょ？　定年過ぎまで養って、離婚の慰謝料を奥様に払って、年金分割して……いったいいくら残るんでしょーねー」

「お金じゃないのよ！　問題は！」

三谷さんが声を荒らげた。

一番奥まった席だけど、白熱する涼子と三谷さんのやり取りに他の客が振り向く。

どうしよう、止めたほうがいいかな。

でも、割り込むのも大変なムード。

「いいですか？　浮かれてるみたいなんで言いますけど、十年後も田中部長はご家族を捨てないですよ。安全であったかい場所を捨てて、アラフォーに差しかかる地味な部下と大金かけて結婚しないッスよ」

「田中さんと私がどれほど想い合ってるか知りもしないで、バカにするんじゃないわよ！」

「田中部長の認識は、『こんなモサいおっさんの俺でも好きだって言うんだから、ヤッちゃおう』です。あーんなすだれハゲの都合のいい女ですよ、あんた」

都合のいい女……。

うう、耳が痛い。

涼子の攻撃が流れ弾みたいに私の胸を撃ち抜く。

でも、涼子の言うことは当たっている。

田中部長みたいな日和見《ひよりみ》の弱虫おじさんに、家族を捨てる気概はないと思う。今、ちょっといい思いができるから、三谷さんと付き合ってるだけ。

そんなのは、元祖〝都合のいい女〟の私にだってわかる。

それにしても『すだれハゲ』は言いすぎです、涼子サン。

絶賛〝都合のいい女〟中の三谷さんは、顔を真っ赤にして怒り心頭といった様子。

その口からどんな怒声が飛びだすかと思いきや、見る間に彼女はくずおれた。

テーブルに突っ伏して、おいおいと泣きだすじゃないの。

成人女性の遠慮ない号泣に、店内は凍りつく。

さすがに他の客の目が痛く、店員も「どうかされましたか!?」なんて飛んできちゃって、私と涼子は泣きじゃくる三谷さんを引きずるようにカフェを出た。

「涼子、言いすぎ」

三谷さんを引っ張って、ビルの谷間のベンチスペースに腰かけさせた。日が当たらない場所なので、涼しい夕方のビル風が吹き抜けていく。

「不倫なんかやめろって言いたかっただけだもん」

涼子は口を尖《とが》らせる。

彼女の言い分はよくわかる。正しい。

でも、正論で傷つく人はいる。

間違っていても、騙されていても、貫きたいことがある人はいる。

元希と毬絵さんが再び浮かんだ。

はー、どうしよう。私こそ、涼子みたいに元希を責めてしまいそう。

無視すべきなんだろうけど、見ちゃったもんはさぁ。

「……もういいわよ。どこにでも言えば?」

三谷さんが急に立ち上がった。

「総務にでも社長にでも言えばいいじゃない!」

三谷さんは、まだすんすん泣いていた。

私と涼子に向けた背中は、しおれていて実年齢より上に見える。

「よくないことだって、知ってるわよ……。ずっと、知ってるわよ」

そう言って、三谷さんは大江戸《おおえど》線の汐留駅に向かって歩きだした。

足取りはしっかりしていたので、私も涼子も黙って見送る。

「なんか後味悪いね」

私が呟くと、涼子が吐き捨てるように言った。

「私たちが後味悪いくらいならいいじゃん。このまま続けたら、もっと嫌な思いをする人が増えるよ」

そのとおりだ。涼子はなにも間違っちゃいない。

私も言うべきなのかな、元希に。

他の誰かが傷つく前に、お節介でも忠告すべきなのかな。

同期として、同居人として。

帰り道に考えるのはやはり元希のことで、わずかな時間を唸《うな》りながら歩いた。

スルーすべきか、よくないことだと指摘すべきか。

はあ。ぶっちゃけますと、見なかったことにしたい。

でも、元希も元希だ。同居人の私にすら秘密にする恋なのに、詰めが甘い。

なんだよ、バーカ。

毬絵さんとの件が社長や安島部長に知られたら、あんたも、社長と懇意のあんたのご両親も、立場をなくすんだからね。

そんな恨みごとを呟くうち、元希のマンションは目の前に。

今夜は私が夕食係。材料は昨日買っておいたから、大丈夫。というか、昨日元希がカレーを作ったから、今夜はそれをカレードリアにリメイクするだけなんだけど。

あとはつけ合わせにミニトマトの浅漬けときゅうりのサラダを……。

階下からでも部屋の明かりが点いていないことにホッとする。元希はまだ帰っていないようだ。

ああ、なにこの倦怠期《けんたいき》の同棲カップルみたいな感じ。でも、元希と顔を合わせたくないのは事実なんだよ。

昨夜も帰るなり部屋にこもり、『もう寝ました』感を演出した私だけど、今日もその路線でいこうかな。

ごはんを作って、先に部屋に入っちゃおう。

帰り着くなり早速プランを実行に移す。

ささっと夕食を作ると、ラップをかけ、オールドスタイルに紙で元希にメモを残す。

【風邪っぽいので先に寝ます。オーブンで十分焼いてね】

よっし、完璧。

手早く自分の夕食を済ませ、洗い物をしていると、玄関ドアが開いた。

元希だ、予想より早い。

慌ててがっちゃがっちゃと洗い物をしているところに、彼が登場した。

「あれ？　もう、飯食っちゃったのか？」

「あー、うん。そこのメモのとおりなんだけどさー」

なるべく元希の顔を見ないように言って、洗い物を終える。

「そんなわけだから、シャワーお先ね」

「それはわかったけど、体調平気か？」

「薬飲んで寝ちゃうよ」

嘘をつく罪悪感を覚えつつ、リビングから退散する。

はー、やっぱ昨日のことが結構ショックだったのかな。こうして元希と喋ると苦しい。胸に重石が乗っているみたい。

……いやいや、なんか私、おかしくない？

私が重荷に思ってるのは『元希と毬絵さんの密会を見ちゃった！　本人に浮気はダメだよって言うべき？』という悩み。

絶対に違うのは『元希、やっぱり毬絵さんと付き合ってたんだね。ショボーン』というショック。

はい、整理しましょうね、私。

落ち着きましょうね。

でも、確かに胸の中にあるのだ。元希に対する怒りに似た感情が。

『裏切り者！』って叫んじゃいたい衝動が。

なにに対しての裏切りなのよ。

説明がつかない私もおかしい。

服を脱ぎ、熱いシャワーを浴びても、頭の中はぐるぐるだ。

ふとシャワーヘッドが手から滑り落ちた。『あ、まずい』と水流で暴れるヘッドを掴もうとして、洗面器を踏んでしまう。

あ、さらにまずい。

そう思ったときには、私は右腿から床に転倒していた。

いったぁ！

一瞬、あまりの痛みに目の前がチカチカした。

ああ、でも血が出たとかの怪我はなさそう。せいぜい、腿に青アザができるくらいかな。

顔をしかめつつ冷静に判断し、シャワーヘッドを今度こそ捕まえる。

すると、廊下を駆けてくる足音が聞こえた。

次の瞬間、いきなりお風呂場のドアが開いた。

「アヤ！　大丈夫か⁉」

当然ながら、そこにいたのは元希なわけですが……えーと、こちらはシャワーを浴びていたので、全裸なわけですよ。

しかも、とっさのことでなにも隠せていない状態。

ここで某国民的アニメのお風呂大好き女子なら、瞬時に相手を確認し、『きゃー！エッチ！』と非難して追っぱらうという手段を取れるんだけど、お風呂覗かれ初心者の私はうまくできない。

まずは凍りつき、次に元希の顔を見て言葉を発する努力をするんだけど、なかなか出てこない。

「あ……ちょ……あ……」

「貧血か⁉　どこかぶつけたとかないか？」

混乱の只中《ただなか》で言葉を探す私と、純然たる善意で私を心配する元希。

今にも靴下のまま、お風呂場に入ってきて、私を抱き上げるくらいしそう！

あのさぁ！　私、裸なんだよ？

その辺どう思ってます⁉

「――てけ……」

「は？　なに？　気持ち悪いとかか？」

「出てけーっ‼」

私は全力で怒鳴り、元希の顔面に向けシャワーの水流を噴射した。

十五分後、濡れ髪のままムスッとした顔でリビングに戻ってきた私を、ソファから元希がじろりと見た。

私にお湯をかけられた彼は同じく濡れ髪で、さっきまで着ていたスーツのスラックスがカーテンレールにハンガーで干されてある。

「女子のバスタイム乱入……最低」

「俺は、具合悪いっつうアヤが倒れたと思って行ったんだろ。覗きじゃねぇよ」

「それはわかるけど、無神経すぎる」

まずはノックとかさ、『大丈夫か?』って声かけるとかさ。

あるでしょーよ、いろいろ!

ソファにふんぞり返っている元希。歩み寄り、睨んで見下ろす私。

嫌な沈黙が流れる。

もういいや。最初から今日は話したくないと思ってたし、事故ということで割りきっちゃえ。

私がぷいと顔をそらし、元希から離れようとしたときだ。

彼の右手が私の右手をがっちりと掴んだ。

「案外、俺のこと、警戒してたんだな」

言葉の意味がわからない。ただ不審げに眉根を寄せ、元希を一瞥《いちべつ》した。

「離して」

「アヤは俺のこと、男として見てないんだと思ってた。裸を見られただけで、こんなに動揺するってことは、俺を異性として警戒してる証拠だよな」

座ったまま元希は私をまっすぐに見つめている。その視線は普段よりずっと鋭い。

「なに言ってんのか、わかんないんですけど」

苛立ちを込めて言ったけれど、元希の腕の力が強い。

振りはらおうと力を入れたら、逆に引っ張られ、ソファ……いや、元希の上に倒れ込む格好になった。

慌てて身体を起こそうとした私を、彼が捕まえ、ソファの座面に組み敷いた。

ちょっと、これ……どういう状況よ。

「なにすんのよ！　ふざけんのやめて！」

私はすでに焦っていた。

先ほどお風呂場で感じた以上に、空気がおかしい。

それは、私を押し倒している元希から発せられる空気だ。

「なにするって、仮想夫婦なんだし、男と女がすることをしてみよう」

ふざけているのか、本気なのかまったくわからないトーンだった。聞いたことのない静かすぎる声音に、困惑する。

「え？」

「ご期待には応えたいからさ、俺も。俺を男として見てるなら、想像できるだろ？」

元希の顔が私の首筋にうずめられた。

彼の濡れた髪の感触。それと同時に熱い唇を感じた。

元希は私の首やあご、鎖骨を唇でなぞりだす。

「やめてよ……冗談きつ……」

「この前、大士朗を騙したときのこと思い出せよ。気持ちよくなかったか？」

かすれた声が耳に届く。

改めて、感じる。元希の声は心地よすぎる。

こんなに艶っぽくささやかれたら、意思とは別に身体の力が抜けてしまう。

元希の大きな手が無遠慮に私の脇腹を掴んだ。それは、これから胸を触ろうとしているいることがわかる掴み方だった。

ちょっと、嘘でしょ？

これはまずいでしょ？

完全に過ちコースじゃないの。

ああ、でもきっと元希は怒ってるんだ。

私がお湯をかけたから。助けに来てくれたのに、拒否したから。

でも！

でも、だからって無理やりヤッていいってことにはならない！　それは絶対！

仕返しや怒りでセックスなんかしちゃいけない。

それに……元希には……。

愛撫《あいぶ》に負けないように凛《りん》と声を張り、私は言った。

「毬絵さんはどうするのよ」

「毬絵さんという恋人がありながら、気まぐれで私を抱こうとするなんておかしい！　大士朗のこと、責めらんないくらい外道だよ！」

私の首筋に舌を這わせていた元希が、むくっと身体を起こした。

彼は妙な顔をしていた。

まだ押し倒された状態ではあるけれど、さっきまでの熱病に侵されたような空気はかき消えていた。

「あのさ、毬絵さんの件はこの前、誤解を解いたよな？　付き合ってないって」

「私にも本当のことは言えない秘密の関係なんでしょう？　でも私、見ちゃったんだからね？　昨日の晩、歌舞伎座の前で……！」

元希がぎくりと動きを止めた。

しかし、すぐに冷静な表情に戻って言う。

「見たのか？　俺が誰といたのか」

「毬絵さんとふたりで仲よく観劇だったんでしょう？　朝から夜までべったりデートする男女に恋愛感情がなかったら、おかしいよ‼」

彼が数瞬黙り、それからなぜか、ほーっとため息をついた。

「んー、わかった。よくわかった。……でも、もう一回言わせてくれ。俺と毬絵さんは本当になんでもない。誓ってなにもない」

「でも！　昨日……」

興がそがれたのか、元希が私の上から退《しりぞ》いた。

「この間の件のお詫《わ》びの一環だよ。大丈夫、昨日の外出は安島部長も知ってることだから。アヤが余計な気を回さなくてもいい」

私も身体を起こし、元希に乱された襟元を直す。

Tシャツだから、たいして直すところもないんだけど、気分の問題ね。

元希はソファに腰かけた状態で気まずげにうつむき、私を見ない。伏せられた目が泳いでいるし、唇はぎゅっと結ばれている。

完全に正気に戻っているようだ。

しばしの沈黙を挟んで言った。ものすごく渋い顔で、一応私を見て。

「えっと……ちょっとからかおうと思ったんですが、おふざけが過ぎました。スミマセン、反省してます」

「ええ、そんなことだろうと思ってました」

私は憤慨《ふんがい》した口調で答える。

正直、まだ胸は早鐘を打っていたし、元希の唇が触れていたところは、じんじんと熱い。

「本当に、申し訳ない。お詫びに今週末、ちょっと楽しいところに連れていくんで、許してもらえませんかね」

元希は眉間にシワを寄せたまま頭を下げ、そんな提案をしてくる。

「うん。よくわかんないけど、楽しいところっていうなら許す」

私が能天気なのも悪いとは思うんだけど、こんなノリで許しちゃって、よかったのかな。

だって元希、全然『おふざけ』な感じじゃなかった。

私が毬絵さんの話を出さなかったら、危なかったように思う。

元希は男性の本能的な部分で、私とどうにかなれるかもしれない。

私は……どうなんだろう。

次、元希がこんなふざけ方をしてきたとき、拒否できるって言いきれる？

頭では思う。なし崩しに元希と変なことになっちゃいけない。

それは絶対だ。

ああ、今さらだけど、最初のルール締結時にきちんと決めておくんだった。

『絶対に触れ合わない』って。

あのときは、冗談だって元希が私に触れてくるとは思わなかったんだ。

なんだよ、元希。さすがに私だって、動揺するよ。あんた、わかんないところが多すぎるよ。

私も元希も、口調こそ元どおりだったけれど、うまくお互いの顔が見られないまま
それぞれの部屋に引っ込んだ。

居心地がいいから困るんです

その週の土曜日、元希が連れてきてくれたのは花火大会だった。

有名な川の名前付きのすんごい混むやつね。

「文～！　青海～！　こっちこっち～！」

すでに人でごった返す駅前で待ち合わせたのは金村夫妻。涼子と努くんだ。

そう、『連れていく』なんて言いながら、どうやら元希は涼子たちに『文を誘って行こう！』と言われていたらしい。

いいですけどね。暑くても、人混みでも、こーいう場所は好きだから！

「涼子、可愛いね～。努くんも似合う」

涼子も努くんも夏らしく浴衣《ゆかた》姿だ。きっと、彼女の強い意見が通ったんだろう。

ちなみに涼子は、派手な原色使いで薔薇《ばら》が咲き乱れた浴衣。

うーん、似合いすぎて怖い。

「金村、侍みたいだな。似合うよ、本当」

元希が「ぷくく」と笑いをこらえながら言う。努くんはいつも以上の仏頂面《ぶっちょうづら》だ。

それがいっそう浴衣に似合う。

「なんで、青海と古町は浴衣じゃないんだよ」

努くんの不満はそこらしい。

涼子に『みんな浴衣なんだから！』とたしなめられただろうことが窺える。

「ごめん！　私が足の爪めくれちゃってて！　下駄は履けなさそうだから、やめたの。青海は私ひとりだけ浴衣じゃなかったらかわいそうだって、付き合ってくれて普通の服なんだよ」

「そうそう。いいじゃん、金村夫妻は似合ってるんだし」

私と元希は用意しておいた理由を話す。

本当は、元希が『俺は浴衣はやだからな！』って言ったのだ。

……たぶん元希は私を気遣ってるんだと思う。浴衣や下駄、バッグなんかを揃えてたら、引っ越し費用が貯まらないだろうって。

たいしたことじゃないかもしれないけど、今日以外、当面着る予定のない浴衣を買うのは、確かに出費だもんなぁ。

結局私はノースリーブのワンピース、元希は短め丈のパンツとTシャツという服装に落ち着いた。

「それじゃ行きますか」

涼子の号令で、駅から第一会場へ向かう人波に乗った。

私と元希は金村夫妻のあとを追うかたちでついていく。

今週、押し倒された件から、私たちはまたしても〝普通〟を維持している。

胸に引っかかっていないかといえば嘘になる。あんなにドキドキさせられて、元希を意識しないわけにはいかない。

だけど、彼は謝った。からかっていただけだと。

それなら、私は和解に応じなければならない。

居候は私のほうだし、なにより私は元希との暮らしに、奇妙な居心地のよさを感じている。

胸を満たすのは、家族と暮らすような安心と充足感。

なにかひとつでも、亀裂を入れたくない。

毬絵さんとのこともスッキリしていないし、元希がちょいちょい見せてくる私への妙な態度だって気になる。『あんた、なに考えてんの?』って問いただしたい。

だけど、この楽ちんで楽しいふたり暮らしが終わるようなことを私から仕掛けたくない。

複雑な気持ちを抱えながら歩いていると、横を歩いていた元希がさっと右手を差しだした。

「はぐれないように――」

「はぐれないように手を繋ごうとか、冗談でも言わないでよね」

彼の言葉に食い気味に言う私。

冷たく響かないように、かつ絶対的に拒否な感じで。

「わかったよ。くだらないこと言ったな」

よし、牽制《けんせい》成功。

元希は出していた手を引っ込めた。

私と元希をくっつけたがっている金村夫妻に、恰好のネタを提供する気はない。見物客に紛れて金村夫妻が見ていなかったとしたって、ここで手を繋いだらやっぱりおかしい。同期の距離感ではないもん。

元希は私の態度にムッとしたらしい。私より半歩前に出ると、先に歩いていってしまう。

私は人を避けながら、三人のあとを追った。

しかし、こんなときの常として、彼らとはぐれた。

ほんの一瞬、人混みの中に知り合いを見つけたような気がして目で追ったら、次の瞬間に元希の背中を見失っていた。

あーあ、なんてこったいだよ。

花火をどこで見るかなんて打ち合わせはしていない。むしろ、この人の多さじゃ座って見るのは不可能じゃなかろうか。

初めて来た場所に、大勢の見物客。改めて待ち合わせは難しそう。

一応、涼子に電話してみる。

ダメだ、今は私がはぐれたことすら気づいていないだろう。

前の公園までの道は人、人、人。花火の開始時間までまだあるのに、みんな場所を探しているのか、一歩進むのもノロノロだ。

あー、しんどい。人いきれがすごいんだよ。

見物客の波を抜け、一番近くの自販機に頼るように背を預けた。

ジュース飲んで休憩しちゃおうかな。でも、トイレがどこかもわからないしなぁ。

「文」

聞き知った声に顔を上げると、そこにいたのは驚くべき人物。

「ひとりなのか？」

人をかき分けてやってきたのは、薗田大士朗だった。

この前の〝やっつけろ作戦〟以来だ。

かれこれ二週間半ぶりの元彼は、この暑いのにスーツ姿。さすがに上着は脱いでいるけれど、シャツの下の首筋が汗ばんでいるし、長めの髪はへたっている。

「ひとりなわけないよな。元希と一緒なんだろう?」

大士朗はわずかに眉を下げ、困ったような微笑みを作った。

私は頷く。

そう言う大士朗こそ、なぜこんなところに。

疑問を口にする前に答えが返ってきた。

「僕は、そこのユウヒビールの本社ビルでの花火見物に呼ばれているんだ。父と姉が一緒なんだけど」

ユウヒビール本社ビルは、夏は花火、春は川沿いの桜見物に最高の立地だ。

VIPが招かれる会があるなんて、聞いたことがあったけれど、本当だったんだ。

「文と元希もかい?」

「いやいや、そんなわけないじゃない」

大士朗のちんぷんかんぷんな質問に、首を左右に振りまくる。

私も元希も、ＶＩＰスペースに呼んでもらうツテはない。

これだから、御曹司は。誰でも入れるもんだと思っているね、君。

「そっか、プライベートだよな。ともかく、ビルに入ろうと思ったら、文がひとりで歩いているのが見えて……気になって来てしまった」

「元希と、同期の金村夫婦と来たんだけど、はぐれちゃったんだ」

「それは大変じゃないか」

「うーん、携帯に連絡はしてるんだけど」

そこで私と大士朗の会話は途切れた。

気まずい別れをした私たちだ。話が弾むわけはない。

「人がすごいし、ビルの横に行かないか。少し高くなってるから、元希たちを見つけやすいかもしれないよ」

大士朗の提案はなかなかグッドアイディアだ。確かにこの人の多さでは、視点を変えないと見つからなさそうだもん。

大士朗について、ユウヒビール本社ビルの横の、わずかな空きスペースに向かう。

私を案内したらもう行くのかと思ったら、大士朗は一向にその場を離れない。

なんだろ、なにか言いたいのかな。

この前の恨みごとだったりして……。

「あのな、文。鈴木さんとは別れたよ」

出し抜けに言われ、一瞬どこの鈴木さんかわからない。

ああ、受付の鈴木侑香さんか。

「本当の話、したの？」

「ああ、事実を全部話して頭を下げた。今は婚約者ひと筋で、いい婿になれるように修業してる。もちろん、あちらの会社にいつでも移れるように勉強もね」

大士朗の話は概《おおむ》ね大げさだけれど、鈴木さんと別れたなら、それはよかった。

「ごめんな、文。ずっときちんと謝りたかった」

「いいよ。私も元希と二股状態だったわけだし」

元希が大士朗を言いくるめた内容からすると、私は元希と冷めかけたから大士朗になびいてしまったという設定だ。不本意だけど、嘘は突き通さなければ。

「でも、文は元希を捨てて僕を選ぼうとしてくれていたんだろう？　それなのに、僕は……最低だったよな」

そこまで言って、大士朗がかすかに笑った。反省の表情がわずかに緩む。

「なに？」

「いや、正直に言えば、そのことだけは少し嬉しいんだ。文が元希を捨ててでも、僕を選んでくれようとしたこと。……元希には子どもの頃からなにをやっても勝てたことがない。これで一勝目だなあって。……でも、文は元希のところへ戻っちゃったわけだから、勝ちにはならないか」

大士朗の本音を聞いた気がした。

この人は、どうやらお目付け役の元希に多大なるコンプレックスがあるようだ。

私を勝ち負けの道具にしてほしくはないけれど、素直にそんな告白をしてしまう大士朗の根の単純さを微笑ましく思ってしまう。

……ってダメダメ。

こういう思考が、ダメ男を呼び寄せるんだから。

なんと答えたものか悩んでいると、ジジジジッという鳴き声と激しい羽音が近づいてくる。

そしてかすかな衝撃が耳元で弾ける。

「ぎゃあっ！」

私の真横の壁に体当たりしてきたのは、大きなアブラゼミだ。つるつるの外壁に止まり損ね、再び旋回を始める。

「やだーっ‼」

　頭を抱えて小さくなる私を大士朗が引き寄せた。アブラゼミにぶつかられないように自分の身体を盾にしてくれる。

　アブラゼミは壁に止まるのを諦め、どこかへ羽音をたてながら飛んでいった。

「ありがとう」

　私は素早く大士朗の抱擁から抜けだした。彼が下心ナシでかばってくれたのはわかったけれど、そのまま密着していてはいけないと思ったのだ。

「セミ、嫌いなんだね」

「セミが大好きな女子のほうが珍しいと思うけど」

　大士朗がおかしそうに笑い、それから寂しく微笑んだ。

「文がなにが好きでなにが嫌いか、そんなことも知る前に別れちゃったんだな、僕は」

　もう過ぎたことなのだ。

　大士朗の後悔はすでになんの意味も成さない。

　夏の夜に偶然出会って、感傷的になっているだけ。

　でも、少しだけ満足を覚える私って嫌なやつだ。

　元彼に別れを後悔させたい。そんな、ありふれてるけど矮小《わいしょう》な望み。

嫌悪すべき優越感を胸の奥に押し込んで、大士朗に告げた。

「大士朗、幸せになってね」

「うん。僕が言えることじゃないけど、文も幸せに」

ふたりで顔を見合わせ、ちょっとだけ微笑む。

そのときだ。

「なにやってんだよ」

私の背後で冷えた声が聞こえた。大士朗が顔色を変える。

振り返る前にわかった。

元希だ。

「アヤにまたちょっかい出してんのか？」

元希が剣呑《けんのん》な声音で大士朗に問う。

私は慌てて元希に向き直り、弁解した。

「はぐれて困ってたところを助けてくれただけだよ！　なんの変なこともないよ！」

「ごめん、元希。余計なことをしたみたいで」

大士朗が困惑しきった声で言う。

私は大士朗の背を押した。

「ありがとう、大士……薗田さんはもう花火が始まるし、行って。元希とは私が話すから」

大士朗は申し訳なさそうにしながら、足早にビルのエントランスへ。

私は、ふーっとため息をつくと、改めて元希と対峙《たいじ》する。

「いつから見てたの？」

私の問いに、彼は不機嫌さを隠そうともせずに答えた。

「大士朗がおまえを抱きしめたあたりから」

「あれはセミ！　セミのアタックから、かばってくれたんだよ。変な意味じゃないよ」

こんなことを言いながら、なんで自分が言い訳めいたことを口にしているのかわからない。

元希が不機嫌だから、きっと反射的に弁解してしまっているんだ。

「大士朗とは終わったんじゃないのかよ？　そのために俺は協力したんだけど」

「終わってる。全然、なんにもない。今会ったのは偶然だよ。ユウヒビールのＶＩＰスペースに花火見物で呼ばれてるんだってさ」

元希は冷たく言う。

「案外、よりを戻そうとか言われてたんじゃないのか？」

「絶対ない！」

「そもそも、勝手にはぐれといて、気楽なもんだよな」

「涼子には電話したもん。出なかったけど」

互いの言葉にどんどん険悪な色が交じってくる。

気づけば私は元希を睨んでいた。彼も私を不満げに見下ろしている。

やがて元希がわざとらしくため息をついてみせた。

「もういいや。大士朗と過ごせば？　ユウヒビールの用意した場所、絶景らしいから」

なんで、せっかくの花火を別れた男と見なきゃならないのよ！　どうしてそういう意地悪な物言いになるかなぁ！

イライラと言い返す。

「なにそれ。元希こそ毬絵さんと過ごせば？　一緒に来てるって大士朗が言ってたよ」

「毬絵さんとはそういう関係じゃないって、何度言えばわかるんだよ」

元希が怒りを含んだ声音で言った。

私はそれ以上、元希と話すのが嫌だった。ぐるんと背を向け、さっさと歩きだす。

「帰る」

「好きにしろ」

元希の声は本当に怒っていて、私を追いかけてこないだろうことはわかった。

人混みの中を逆行しながら、浅草《あさくさ》駅に向かう。あとで涼子たちにアプリでメッセージを送っとかなきゃ。

なんなの、元希。

タイミングは悪かったけど、あの態度はなによ。私、あんたにキレられる理由ないんですけど！

ドォンという轟音《ごうおん》がお腹に響く。花火が始まった。

私は美しい夏の催しをろくに見ることもせず、地下鉄の階段を下りていった。

花火大会からこっち、元希とはろくに喋っていない。

今回ばかりは私も〝普通〟の維持をやめた。

日曜日は朝から元希が出かけて、やつが帰ってきて家にいる間、私は部屋から出なかった。

月曜日、火曜日は朝食の時間をずらし、夕食も理由をつけて別々にした。

険悪になった原因が、私なのか元希なのか。

私が迷子になったのが悪い？　はぐれないように元希と手を繋げばよかった？

付き合ってもいない男女は手を繋がないっつうの。

それじゃ、大士朗と話してたのがまずい？

だって、あれも予見できないじゃない。向こうだって親切心だし……とかなんとか言って、自分の行動を正当化しつつ、結局私は元希と話す機会を逸している。

あの瞬間はムッとしたし、月曜日くらいまではイライラしていたけれど、いつまでも怒る内容じゃない。怒り続けるのは疲れるのだ。

だけど、元希は私ほど能天気じゃないわけで、まだ私に対して怒っているかもしれない。

謝ればいい？

でも、私は自分で悪いことをしたとは思ってない。相手に合わせて謝るのってなにかおかしい気がする。

そもそも、元希がなんであんなに怒ったのかわからない。

そんなこんなで水曜日の本日、私は夕食を作った。

豚の角煮と半熟ゆで卵、ニラのおひたしと冷奴《ひややっこ》。

がっつりおいしそうなブロックの角煮は、圧力鍋の中で照りが出るまで煮つめた。

こういうメニュー、絶対元希が好きなはずだ。

遠回しな『仲直りしようぜ』のアクション。

謝り合うのが変なら、なんとなくお互い『ま、いっか』って思えるように、楽しい夕食を過ごせばいいんだ。

別に無理して仲直りする必要もないのかもしれない。だけど、同じ家で暮らしていて、完全に無視は難しいし、これ以上気まずいのは嫌。

ここは少しだけ、私から歩み寄ろう。

スマホを取りだし、元希にメッセージを送る。

【ごはん、作っとく】

ただひとこと。

しかし、そのメッセージはいつまで経っても既読にならない。

あれ？　なんだろ、スマホを離してミーティング中とか？

現在時刻は二十一時。元希がまだ仕事していることはしょっちゅうだけど。

なんとなく点けたテレビでは、夜のニュースが始まっていた。

『速報です』とアナウンサーの女性が言う。

『首都高速湾岸《わんがん》線で、トレーラーとトラックを含む多重事故が発生しました。現場上空から中継です』

画面が切り替わる。

夜なのにヘリコプターを飛ばしているらしい。バラバラというヘリのプロペラ音の横で男性リポーターが中継している。

画面には高速道路に沿って光が連なる様子が映り、その中央で燃え盛《さか》る車両も確認できた。

よく見えないけれど、横転して燃えているのは大型トレーラーだろう。

『負傷者などの情報はまだ入っていません』

リポーターは言う。

ふと、背筋が寒くなった。

元希はたまにあの道を通る。商品の直接納入だとか、仕入れ先からの帰りだとかに。

ほとんどは電車だけど、商品が多いときや、駅から遠い仕入れ先の場合は社用車だ。

まさか、巻き込まれてはいないよね。

ぱっと見た限りでは、何台の車が炎上しているのかわからない。

続報を探してスマホを手に取る。ウェブニュースには、テレビと同じ情報しかない。

検索し、リアルタイムの情報も探すけれど、目新しいものはない。

そうだ、電話してみよう。

仕事中なら邪魔かもしれないけれど、心配だから元気な声を聞いておきたい。

でも電話は繋がらなかった。何度かけても留守番電話に飛ばされてしまう。

どういうことだろう。

万が一、事故に巻き込まれたとしてスマホが壊れたなら、電源が入らないとか電波が入らないとかのアナウンスが流れそうだ。

でも、壊れてないとしたらどうなの？

留守電に繋がるのはなぜ？

案外、今夜も毬絵さんと会っているのかもしれない。

そして、邪魔が入らないように電話はすべて留守電対応にしているとしたらどうだろう。それなら心配するだけ損だ。

だけど、メッセージが既読にならないことが気になる。

この険悪だった数日間も、元希は帰宅の予定時間や夕食をどうするかなどは連絡をくれていた。

どうして今日はなんの連絡もないんだろう。

心配とも苛立ちともつかない気持ちのまま、私は待った。

二十二時になっても二十三時になっても元希から連絡は来ず、三度かけた電話はすべて留守電だった。

ついに日付が変わる。

私の胸から苛立ちはなくなり、ただ心配だけが残っていた。

二十三時のニュースでも湾岸線の事故は報道されていた。何人か搬送されたというけれど、正確な状況はわからない。

まさか、違うよね。

きっとすぐに帰ってくるよね。お腹を減らして『疲れたー』なんて言いながら。

自分に言い聞かせる。そうしないとやってられない。

もしも元希になにかあったら、誰が私に連絡をくれるんだろう。

私と元希が付き合っていると思っている大士朗？　恋人かもしれない毬絵さんは、わざわざ私に連絡はしないだろう。

そんなことより、なにかあったとしたらどうしよう。

すごく険悪なまま離れてしまった私と元希。

ふと思い出す。

涼子と努くんはどんなに喧嘩しても、家を出るときキスをするんだって。

事故や病気など、お互いなにがあるかわからない。最後に会った顔が怒った顔じゃ虚しいからって。

ふうん、そんなものかなぁと思っていたけれど、今ならわかる。

そりゃ、私と元希は恋人同士じゃない。

だけど、最後に顔を合わせて笑ったのがいつかわからない。そんな離れ離れは嫌だ。

お願い！　無事に戻ってきて！

深夜のニュースが始まったようだ。慌てて画面にかぶりつくと、現場が大映しになった。といっても、首都高の下を通る幹線道路からの見上げた映像だったけれど。

あの中に、どうかどうか薗田エアサポートの社用車がありませんように。

目を凝らしたって見えない。

元希、早く帰ってきて。

早く連絡ちょうだい。

怖くて頭がおかしくなりそう。どんどん最悪の状況に想像がいってしまう。

ふとスマホが振動していることに気づく。

アプリに新着メッセージだ。開くと差出人は涼子だった。落胆を感じながら見ると、心臓が止まりそうになった。

【湾岸線の事故知ってる？】

【うちの会社の車、巻き込まれたらしいよ】

最悪の情報だ。

ああ、やっぱり……元希は事故に巻き込まれたのかもしれない。

涼子に返信している暇はなかった。

立ち上がり、ジーンズにTシャツという外に出ても差し支えない格好に着替える。

会社に行ってみよう。誰かこの事故について対処している人間がいるはずだ。元希のことを聞きに行こう。

唇をぎゅっと噛みしめる。

泣くな。

泣いたら、怖いことが全部本当になってしまう。そんな気がする。

鍵と小さなバッグを手に玄関に向かう。

がちゃりと鍵穴が回る音。

……私じゃない。

私が目を見張っていると、ドアが開いた。

「あれ？　アヤ、コンビニでも行くのか？」

そこには元希がいた。

五体満足で、いつもどおりの元希が。

「携帯にメッセージ……」

呆然《ぼうぜん》とする私に、元希が『あっ』という顔をした。

「わり、さっき見た。いや、大変だったんだよ。おまえ、ニュース観た？　湾岸線の事故の」

私の反応を待たずに、元希は話す。

いつもどおりと思っていたけれど、彼の様子は普段よりずっとくたびれている。くしゃくしゃのスラックスに、汗で張りついたワイシャツ。

顔にも疲労が滲んでいる。

「トレーラーとぶつかったの、うちの物流のトラック！　一報来てから、俺と物流部の小里さんとで、ずーっと対処だよ！　情報集めて、安否確認して、焼けた積荷の確認と再手配して。幸い、あの事故、怪我人は出てるけど、命に関わるほどの重傷者はいなくて……」

元希が言葉を切った。

きょとんと私を見つめている。

「アヤ……泣いてんのか？」

ああ、泣いてるさ。

泣いてるともさ！

そう答えようかと思ったけれど、喉で言葉が引っかかって出てこない。

元希の言うとおり、私の両目からは堰《せき》を切ったように涙が溢れていた。

「……希……、元……希が……事故ったのかと……思った……」

「俺が連絡返さなかったからか？」

私は「うんうん」と頷く。

無性に悔しい。

なんだよ、あんなに心配したのに元希ったら、けろっと帰ってきちゃったよ。

だけど、その百倍くらい安堵《あんど》していた。

元希は事故に遭っていなかった。よかった。……よかった！

彼が私の両頰を手のひらで包んだ。

親指でごしごしと涙を拭う。

「……や……めて……よ！　バカ……」

まだ泣き続ける私を元希が胸に閉じ込めた。

元希の胸は乾いた汗で冷えている。安心できる彼の香りがした。

「ごめんな、奥さん。心配かけて、悪い旦那だった」

元希は低い声でささやいた。私を落ち着かせようとしているのか、口調はゆっくりで、私を抱く腕の力は強かった。

「それ……やめてって……ば！」

抱きしめられながら抗議するけれど､正直どっちでもよかった｡元希が仮想夫婦ごっこをしようが、私を抱きしめようがなんの問題もない。

元希が元気に帰ってきた。

そのことだけで充分だ。

「心配してくれてありがとう。……アヤが泣いてんのに、悪いけど……俺、すっげえ嬉しい」

元希が私の髪に顔をうずめるのがわかる。温かな吐息を感じ、私は彼の鎖骨に頬を押しつけた。

「バカ……じゃないの……」

私と元希はしばらくの間、そうして抱き合っていた。

不自然な距離だとはわかっていた。

だけど、仕方ない。

私が……この瞬間、元希の腕の中にいたいと思ってしまったから。


久しぶりの同期会は七月最後の金曜日に行われた。

場所はいつもの居酒屋〝醍醐〟。

本社ではなく営業所勤務の同期はなかなか参加できないけれど、それでも今日は二十五名中、十七名が集まれた。

馴染みの面子《メンツ》に、〝醍醐〟の店長は、枝豆山盛りのサービス。さらに通常は別料金のフローズンカクテルまで飲み放題につけてくれた。これには女子が大喜びだった。

わいわいと騒がしい十七名は二階の座敷を占領して、納涼会という名目の同期会がスタートした。

「文ってば、この前の花火大会は先に帰っちゃったからなぁ。今日はとことん付き合ってよ?」

こう言って、くだんのフローズンダイキリをふたつ並べ、涼子は息巻いている。

「ごめんね、悪かったとは思うんだけど。お腹痛かったんだよー」

私はよくある都合のいい言い訳を駆使しつつ、カクテルグラスを受け取る。

「えー？　涼子と文、花火大会行ったのー？」

「すっごい人出だったでしょー。花火見られたー？」

まわりには仲のいい女子が固まっている。今日はさながら女子会みたいだ。

涼子が口を尖らせ答える。

「それがね、運よく努くんと並んで座れるところを見つけて、私たちは楽しめたんだけどさー」

涼子にじろりと見られ、私は苦笑いするしかない。

「文は、はぐれた上にお腹痛くて帰るとか言うし、青海は、急ぎの仕事を忘れてたとか言っていいなくなるし」

「えー、それって……」

囲んでいた女子たちの中から、営業部の沙希子《さきこ》・通称サッコが顔を出し、ニヤッと笑った。

「文と青海、ふたりでデートだったんじゃないの？」

周囲の女子がきゃあっと色めき立ち、涼子が目を剥いた。

「なにそれ！　それならそうと言ってよー！」

「違う違う」

冷静に返そうと真顔を保つ私は、手を振り、『全然違うよ』アピール。

「青海とは会ったけど、別々に帰ったよ」

「本当に？　あんたたちになにかあってもおかしくないよ。応援するよ？」

「なにもないって。本気でバラバラに帰ったもん」

それは事実だ。えらい喧嘩してね。

そして、仲直りももう済んでいる。

私の頭によぎるのは一昨日、水曜日のこと。

事故に遭ったんじゃないかと心配した元希が無事に帰ってきた。

泣く私を抱きしめた彼の声が忘れられない。

『ごめんな、奥さん』

『すっげえ嬉しい』

頭の中で何度もリフレインする。そして、気づくと頬が熱くなっている。

あー、なんなんだろ、この感覚。

勘違いでピーピー泣いて、元希と抱き合っちゃって……。こんな恥ずかしい思い出なのに、何度も脳内で再生を繰り返してしまう。

「文、顔赤いよ。やっぱ、青海となにかあったんじゃないの？」

「だから、ないってば！　今日は暑かったから、喉が渇いてるの！　これ飲んじゃっていい？」

私は涼子が並べたフローズンダイキリを手にすると、返事を待たずにぐーっと喉に流し込んだ。

冷たい氷の粒子が身体を冷やしてくれる。

「文、いい飲みっぷり！　よーし、飲み放題だし、飲もう、飲もう！」

涼子とサッコがはやし立て、他の女子たちがわあっとメニューを手に取る。

よーし、今夜は飲むぞ！

飲んでスッキリするんだ！


散々飲む……つもりだった。

しかし、私にも限界があり、それは思ったより早く訪れた。

フローズンカクテルを三杯、一気飲みした時点で、私の目の前はぐるんぐるん。

おかしいなぁ。そんなにお酒に弱くはないはずなんだけど。

日中は暑くて、搬入も多くて、倉庫と外を行ったり来たりしていたのがまずかったみたい。

脱水気味の身体は、突如入ってきたアルコールを全力で吸収してしまった。

あー、苦しい。

飲んで楽しくスッキリするはずだったのに。こんなことになるなんて。

情けないけれど、みんなに迷惑もかけられず、私は涼子たちが盛り上がる横でテーブルに突っ伏していた。座敷だったし横になりたかったけど、スカートなので断念。これでごろんと転がってたら、はしたなさすぎる。そのくらいの分別はあるんだから。

……というか、分別がついているのに目が回り、気持ち悪くなってしまったことが悲しい。

せっかくの飲み会なのに、楽しく酔う前に脱落なんて！


二時間の飲み放題が終わる頃、どうにか立ち上がれるようになった私は、それでも誰の手も借りずに、店の出入口に到達した。

いつものことで、居酒屋の外に出ても、みんななかなか帰ろうとはしない。

二次会をやるとか、次はいつ開催するかとか、楽しそうに話している。

「青海ー、文のこと送っていってよー」

サッコが気を利かせたのか、元希を呼ぶ。

努くんたちのいる輪から抜けてきてくれた元希は、いつもどおりの意地悪口調で言った。

「背負ってけって？　無理。俺、壊れちゃう」

「あんた結構筋肉あるって、女子の間で噂ですわよ。ほら、文のことは頼んだ」

サッコが私の背を押す。

私はぐらりと傾《かし》いだ上半身を振り子のように戻し、しっかと大地に踏ん張った。

「えー？　タクシーに押し込めばいい？　めんどくさ」

「タクシーでもいいけど、家までちゃんと送ってあげなさい」

「ブンが送られ狼《おおかみ》になって、俺、襲われちゃうかもよ？」

元希の言葉に、同期女子がニヤニヤと私たちを見守っている。

くそう、こんなつもりじゃなかったのに。

っていうか、元希がムカつく。なんで、私が狼にならなきゃいかんのじゃ。誰もあんたの手なんか借りたくないわい。

仕方なさそうに手を伸ばしてきた元希。私はその手を叩き落とした。

「ひとりで大丈夫です。青海くんの助けはいりません」

周囲のムードが凍る。

涼子が慌てて私と元希の間に入ってきた。

「青海！　文、結構酔ってるから、絡みづらいけど勘弁してやって！」

「もう、酔いなんか醒《さ》めたよ。本当にひとりで帰れるから」

私がイライラと言うもので、涼子たちは困った顔をしている。

ああ、酔った上に、みんなの冗談を流せないほど空気読めてなくて、恥ずかしい！

情けない！

だけど、この〝青海元希と古町 文をくっつけよう的ノリ〟についていきたくない自分がいるのよ。まわりからお膳立てされても困る。

……私の中でも、今、自分の気持ちがわけわかんなくなってるんだから。

「涼子、タクシー捕まえるまで一緒に来て。みんなバイバイ」

私は涼子を引っ張って輪を抜けた。

混雑する駅前の通りでなんとかタクシーを捕まえ、重たい身体をどさりとシートに預けた。

ここから近所の元希の家までは、道が混んでいるから歩いたほうが近そうだ。でも、今は早くこの場を退散したい。

ドアの前に立ち、私を送る涼子が、困惑げに謝る。

「ごめんね、みんなで調子に乗っちゃって。悪気はなかったんだよ？」

「うん。こっちこそ、ノリきれなくてごめん。まだ酔ってるのかな。気ぃ遣わせちゃったね」

「酔ってるなら、俺が送る」

急に割り込んできたのは元希だ。

あとを追ってきたのだろう。私を後部座席の奥へ押し込み、自分も乗り込んでくる。

「じゃ、金村嫁、あとはよろしく」

元希は涼子に勝手に言って、ドアを自分で閉めた。車外で涼子が困惑げな表情をしているのが目の端に映った。

タクシーはなめらかに発車する。押し込まれた格好で、私はうめいた。

「頼んでないよ」

「同じ家に帰るんだからいいだろ？」

「送られ狼に襲われるのが心配なんじゃなかったの？」

「同居がバレないよーに、距離感出したんだろ？　細かいこと気にすんなよ」

私はぶーっと膨れて、窓の外を眺める。

元希がみんなの前で取った行動はいつもどおりだ。私が不機嫌になる理由はない。

なのに、どうしてこんな細かいことまで気になるんだろう。

「ちなみに送られ狼、受付中」

元希が私の背中に言う。何気ない口調だけど、どんな顔をしてそんなことを言っているのか、私には見えない。

どういう意味だか不明……と言いたいけれど、鈍くて能天気な私だって、さすがに引っかかる。

元希が私に向けている感情の種類は、同期への友情ではない。

いちいち意味深なのだ。それにはもう気づいている。

「アイスカフェオレ、飲みたい」

元希の言葉を無視して、呟いた。

「帰ったら淹れてやる」

彼は当たり前のように答えた。

いちいち受け止めてくれるんだから、困ってしまう。

水曜日の抱擁から、元希の中で明らかになにかが動きだしている気がする。

いや、本当はもっと前から始動していたんだろうか。彼の気持ちは。

私は？　私はどうなんだろう。

マンションの部屋に到着すると、元希は早速アイスカフェオレを作ってくれた。

といっても、インスタントコーヒーと低脂肪牛乳をささっと混ぜ、氷をガラガラ入れただけなんだけど。

「ありがと」

立ったままひと口飲んで微笑み返す。

元希はやけに無表情で私を見つめている。

なんだろうと思ったそばから、急に彼がグラスを奪った。

まだ飲んでるのに。

私は反射的に手を伸ばす。

すると、グラスをテーブルに置くなり元希が私の腕を引き、身体を抱き止めた。

「元希……」

また抱きしめられてしまった。

胸の中に収まって、私は不安げに彼の名前を呼んだ。

「こうしててもいい？」

元希が私のこめかみに頬を寄せた。

骨を伝導して、彼の声が直接響く。

「いや、ダメでしょ。なに言ってんの」

「酔ったみたいなんだよね、俺も。こうしてるとすごい楽」

「元希っ……」

両腕に力を込めて抱擁から逃れようとすると、逆に強く捕らえられた。元希の腕の檻《おり》は私を解放することなく、その唇は私の額にあてがわれた。

かすかな音をたてて、額から元希の唇が離れる。

「ちょっと。酔ってるにしたってひどいよ。元希、こういうからかい方が多いんじゃない。あんまりよくないよ？　誤解されちゃうよ？」

私は元希を見上げ、強気で言った。

「誤解？　……していいよ」

元希は確かに酔っているのかもしれない。くっきりとした二重まぶたは普段より重そうで、逆に艶っぽい。さっき私の額に触れた唇はかすかに開き、なにか言いたげな表情をさらに悩ましくしていた。

彼はなにが言いたいんだろう。

決定的な言葉は、もう薄い膜の奥から覗いている。

「元希……離して」

「やだ」

断定的に響くその声。

ああ、元希は決して酔いに任せているわけじゃない。

ずっと毬絵さんに好意があると思ってきた。

たとえそれが浮気でも、ふたりはお似合いに見えたから。

だけど、違う。

元希の〝好きな人〟は毬絵さんじゃない。

「元希……お願い」

私はまだ言うべき言葉が見つからない。元希への気持ちなんかわからないし、居心地のいい同居生活を壊す変化ならいらない。

「こういうの、困るから」

元希の胸を両手でぐっと押した。

すると、元希は私の反抗など意に介さず、顔を一気に近づける。彼の整った顔が間近にある。こんなふうに意識して見たことなんかない。

元希はいつだって、意地悪で無神経な私の同期のはずだったのに。

キスを拒むことはできなかった。

伏せかけた私の顔を元希の手が掴み、強引に上を向かされる。

唇が重なった。二度目のキスは、触れるだけのものじゃなかった。

遠慮なく差し入れられてきた舌が、自由に動きまわり、私の混乱と反抗を呑み込む。

力が抜けそうだった。

元希のキスを決して嫌だと思っていない自分を確かに感じる。

圧倒的な略奪を喜び、その髪に指を梳《す》き入れ、顔を引き寄せたい。キスをもっと深く味わいたい。

だけど同時に、頭の中では警鐘が激しく鳴り響いていた。

こんなのおかしい。

元希と私は付き合ってなんかいない。

私は、まだ元希を受け入れるなんて言っていない。

それなのに、キスなんかしちゃダメだ‼

意を決して、元希の身体を勢いよく押し返した。

唇がわずかに離れた瞬間に身をよじり、抱擁から抜けだす。

「……雰囲気で、キスなんかしないでよ」

一歩後ずさりして、元希を睨んだ。

触れ合っていた唇は熱い。自分のものじゃないみたい。

「雰囲気でこういうことするって思ってんの？」

元希は不機嫌そうに聞き返す。

なによ、その態度。無理やりキスしといて。

あんたが雰囲気を理由にキスなんかしないって、わかってるよ。私みたいな鈍感のバカでも、気づいてるよ。

いや、私はこの瞬間まで、はっきりと認めたくなかったのだ。

元希の気持ちを。

「アヤが好きだ」

彼が言いきった。

濡れた下唇を艶めかせ、私の好きな低い声で。

「アヤのことがずっと好きだった」

私は元希に背を向けた。

聞きたくない、そんな告白。

元希の気持ちがわかったからこそ、聞きたくない。

借りている四畳半に逃げ込もうとした私の前に、元希の腕。

壁に手をつき、私の逃げ道を塞ぐ。壁と元希に挟まれ、非難がましく元希を睨み上げた。

「好きでもない女を住まわせたりしないだろ。早く気づけよ、鈍感」

「下心があったってことでしょ？　最低」

挑戦的でどこか余裕のない元希の言葉に、つい『最低』なんて返しをしてしまう。

「下心だよ、最初から。一緒に住むうちに、少しでもいいから、俺のことを意識させたかった」

「あわよくば、ヤッちゃおうくらいには思ってたんじゃないの？　私は信じてたのに、元希の友情を」

「ああ。うまくいったら抱けるかも、くらいには思ってた。おまえが鈍すぎるから、そういうことにならなかったけど、今からでも試すか？　そんな反抗的な態度、取れなくなるくらい溺《おぼ》れさせてやる」

元希の口から出ているとは思えない甘く強い言葉に、私が感じたのは恐怖だった。

彼は男だ。

本気を出せば私なんかあっという間に組み敷かれてしまうだろう。

「私は……嫌。元希と、そんなこと……できない」

震える声で、元希に言った。

「おまえにとっては最初からそうなんだよな。恋愛対象外。同期と清廉で楽しいルームシェアのつもりだったんだろ？　だけど、俺には違うんだよ」

彼が苛立たしそうに言った。

「俺にとって、おまえはただの同期じゃないんだよ！」

口調こそ強かったものの、元希の腕の力は消失した。

私の拒絶も恐怖も、彼には耐え難く苦しいものなのだろう。

だらりと下ろされた腕。うつむいて、悔しそうに噛む唇。

私はなにも答えることなく部屋に入り、ふすまを閉めきった。

元希は私を好き。

毬絵さんじゃなく、私を好き。

私は？

私は元希を好き？

答えが出ない以上、元希とどうにかなるわけにはいかない。

私は、青海元希のことが好き？

心臓が痛いくらい鳴り響いていた。

ふすまに背を預け、ずるずると座り込む。

元希の気配がリビングから消えるまで、そうして座っていた。

同居解消のススメ

土日は出かけた。元希と顔を合わせないように。

土曜日は朝からカフェで本を読み、浜離宮を散歩した。夜は大学時代の友人に声をかけて、食事に行った。

遅くに家に戻ると、元希はリビングで雑誌を読んでいた。顔を上げた彼がなにかを言いかけたけれど、私は聞くことなく部屋に逃げた。

日曜日は美術館と博物館へ。

博物館では恐竜展をやっていた。元希と来たら、面白かったかもしれない。

この前、ＢＳで放送されていた、恐竜をＣＧで再現した番組をかぶりつきで観ていたもんなぁ。

こんなことを考えている私はおかしいのかもしれない。

元希から逃げておきながら、一緒に出かけることを考えるなんて、ひどい思考だ。

どうすべきかわからないまま、月曜日がやってきた。

朝食を異常に早く済ませると、起きてきたばかりの元希を避けるように家を出た。

会社までひたすらに歩く。

暑い暑い真夏の朝。汗を拭い、通勤する会社員の群れに紛れる。頬を汗が伝うものの、私の頭は冷えていた。

私は元希の気持ちに応えられない。

元希を好きかどうかは、今の私にはまだわからない。流されるかたちで彼の愛情に応えるなんてダメだ。それじゃあ、今までの恋愛と一緒になってしまう。

大事な同期だからこそ、押しきられて付き合うようなこと、したくない。

元希の気持ちはいつからか透けて見えていた。

『気づけ』とばかりに向けられる揶揄《やゆ》交じりの好意を、無視してきたのは私だ。

毬絵さんとの関係を盾にして。

元希の気持ちに薄々感づきながら、居心地のよさに甘えていた。

快適なふたり暮らしが当たり前に続くと思っていた。

ずるい。

私は卑怯《ひきょう》だ。

物流部の建屋に着くと、制服に着替える。まだ無人であろうオフィスに入るため、キーボックスを見るけれど、すでに鍵はない。

誰か先に出社しているのだ。

二階の事務所に入ると、そこには三谷さんがいた。

いつも来るのは始業ぎりぎりなのに。

「お……はようございます」

「おはよう」

三谷さんとはカフェでの対決以来、ろくに話していない。

見ると、彼女はデスクを片づけていた。

私物をすべてダンボール箱に詰めて、スッキリしたパソコンまわりを拭いている。

「あの……掃除ですか？」

そんなわけないと知りつつ、聞いてしまう。

三谷さんは静かに首を横に振った。

「知らなかった？　私、今日が本社最終日。明日から千葉営業所に行くの」

寝耳に水だ。いつの間にそんな話になっていたのだろう。

「今日は、このまま有給休暇を取ってあるから、誰にも会わないと思ってたんだけど。

あ、引き継ぎは小里さんと済ませたし、資料も渡しておいたから。不便はないと思う」

つらつらと説明する三谷さんは冷静で、私は驚くばかりだ。

普通、一般職の女子社員は自宅から通勤できる範囲での配属になる。本社か埼玉、神奈川、千葉の営業所のどれか。

一度決まれば、概ね退職まで大きな配置転換はない。

……本人が希望しない限り。

「……仕事の件はわかりました。引っ越しされるんですか？」

「ええ、祖母が営業所の近くに住んでるから。介護を兼ねるっていうのも異動理由」

表向きは家庭の事情が理由のようだ。

でも、それだけとは思えなかった。

私が困惑の表情だったせいだろう。彼女は、ふうっとひとつため息をついた。

「田中さんとは別れたわよ」

あっさりと私の言外の質問に答える三谷さん。

なんの心境の変化だろう。別れないと宣言していたのに。

「悪いことなのは知ってるって言ったでしょう。私だって、本当は気づいてた。田中さんが家族を捨てるわけないって。だけど、夢を見たかった」

三谷さんは台拭きをきゅっと握る。うつむいた表情は硬いまま動かなかった。

「もう夢を見る年でもないってわかっただけ」

「……三谷さん」

「金村さんに言っといて。これで気が済んだでしょって」

三谷さんはどうでもよさそうに言った。

涼子に責任転嫁しているわけじゃない。三谷さんの中では、本当にもう終わったことなのだろう。そんなふうに見えた。

この件で、彼女は自分から傷を負いに行った。

田中部長に別れを告げ、慣れ親しんだ職場からの異動願いを出した。

新たに歩みだすために、自分で動いた。

田中部長は、多少なりともショックかもしれないけれど、帰るべき場所のある人は本質的に優位だ。きっと、三谷さんがいなくなれば、一家のパパに戻るんだろう。

痛い思いをするのは、圧倒的に三谷さんのほう。

「千葉営業所でも、頑張ってください」

この先輩は優しい以外に特筆すべきところのある人ではなかった。職場内不倫だって決して手本にはできない。

だけど、自ら痛みに耐えて、前を向いたところだけは尊敬する。

彼女は、偉い。

「三谷さん、お世話になりました」

「古町さんも仕事、頑張ってね。急に抜けるかたちになってごめんなさい」

ようやく微笑みを見せてくれた三谷さんは、他の社員が出社してくる前に、オフィスをあとにした。


その日の定時後、私は経理部を訪れていた。

涼子を食事に誘うためだ。

三谷さんの件を話したかったし、今夜も元希と顔を合わせたくない。

気まずいし、この先どうするか、私の中でまだ決まっていない。また、あんなふうに迫られたら……そんな恐怖もある。

「ね、私オゴるから、夕食に付き合って。お店は涼子の好きなところにするから」

顔の前で合掌し、涼子に頭を下げる。

普段ならこれで乗ってくれる彼女が、なぜか頷かない。

「文、ちょっと来て」

まだ制服姿の涼子は、私を伴い、経理部を出た。

そのまま、二階と一階の間の踊り場に連れだされる。

「文、あんた家に帰りたくないの？」

「そんなんじゃないよ。ひとり暮らしで帰りたくないとか、ないでしょ」

涼子が困惑げな瞳をきゅっとつり上げ、私を見据えた。

「本当にひとり暮らし？　ねえ、文のアパートって前と変わってないよね。笹塚《ささづか》のあそこでしょ？」

笹塚の部屋は、大士朗のマンションに転がり込む前に住んでいたところだ。私はニコニコと笑い、曖昧《あいまい》に頷いた。

しかし、とぼけ顔程度で涼子はごまかされてくれない。

それどころか、いきなり核心をついてきた。

「違うんでしょ？　本当は青海と住んでるんじゃない？」

心臓が止まるかと思った。

なんで、そんなことを知ってるんだろう。

とっさにごまかす言葉を探した。だけど、情けないことに私の狼狽は明らかで、その様子は答えを言っているも同然。

しばらく沈黙してから、口を開いた。

「知ってたの？」

涼子は「やっぱり」と呟く。

確信はなかったようだ。私ときたら間抜けにも、カマをかけられ告白してしまった。

「最初は努くんが言ってたの。文と青海が付き合ってるんじゃないかって。一度、青海のスマホの画面が見えちゃったことがあるんだって。文とのメッセージのやり取り。『夕食どうする？』みたいな内容の」

メッセージアプリのやり取りか。私は気をつけていたし、元希だって注意していただろうけど、これは偶然でも見られてしまえば言い逃れはできない。

「私、最初はなにかの間違いだと思ってた。文は全然、青海のこと好きじゃなさそうだったし」

涼子はずっと心にためていたであろう気持ちを、ゆっくりと吐きだす。

「でも、何度か見かけたんだ。朝、ゆりかもめの汐留駅の方向から歩いてくる文を。普段は大江戸線の汐留駅か、新橋駅を使ってたのに、なんでだろうって」

彼女にこんな苦しい表情をさせてしまったことに、胸が痛んだ。私は自嘲気味に答える。

「変に見えたよね」

「うん。確信したのはこの前の飲み会。まだ電車がある時間で、文は酔いも醒めてた。なのに、タクシーを使った。笹塚までじゃ遠いのにな、って思ったの。そしたら、示し合わせたみたいに青海が追いかけてきた」

ああ、さすがに親友は目が利く。よくわかってる。

私の変化や行動を見逃さなかった涼子はすごい。

諦めたような、感心したような気持ちで彼女を見つめる。観念しなければならないみたいだ。

「青海と住んでるんでしょう?」

「前の彼氏に同棲解消されて、困ってるところを助けてもらった」

「文は、青海の気持ちを知ってるの?」

「この前、告白された。でも、きっとそれ以前から気づいていたと思う」

涼子と私の間に沈黙が流れた。

私にはよくわかる。

正義感が強く、モラリストなこの友人がなにを言うか。

涼子を否定しているわけじゃない。だけど、あの容赦ない追及が私に及ぶかと考えると、身がすくむ思いだった。

「文は、青海に恋してないよね」

「うん」

「青海の気持ちを知ってて利用し続けてるなら、ずるいよ」

「私もそう思う」

元希の気持ちを知らないなら、それが理由になった。

だけど、今は違う。私は卑怯だ。

好意を寄せてくれている同期の家に居座って、期待を持たせておきながら、拒絶している。

「これから、青海と付き合うってことにはならないの？」

「今の時点では、ない。住まわせてもらってるからって、安易に元希の気持ちに応えたら、もっと最低だと思う」

本当のところ、私はまだ自分の気持ちが精査できていない。

告白された混乱は続いている。

強引なキスと告白に憤《いきどお》りと嫌悪を覚えつつ、元希にぶら下がっている自分にも怒りを感じ、そして宙ぶらりんな気持ちに戸惑っている。

「『元希』なんて……名前で呼ぶくせに気持ちを受け入れないなんて、ひどいよ」

涼子が切なく呟いた。同期である青海元希を思っての言葉だ。

彼女は私たちが最初にした約束を知らない。

いや、あのルール決めだって、元希からしたら私への愛情表現だったのだ。

気づかずに、自分たちの同居生活を清く正しいものだと思い込んでいた私が不誠実なのだ。

「うん、私が悪い。たぶん最初から、私が間違ってる」

再び、私と涼子の間に沈黙が挟まった。

「同居、続けるの？」

私は首を左右に振った。

「ううん。もう終わりにすべきだと思う」

好意を踏みにじり続けることになるなら、早く離れたほうがいい。

「元希といたら、私、新しい恋できないしね」

自分の吐いた言葉に嫌悪を感じた。

お世話になった元希との同居解消の理由がこれ？　強がりだとしても、ひどい話だ。

涼子は私の顔を痛々しく見つめている。

もっと涼子は怒ってくれていい。元希を利用するだけ利用して、さっさと離れようとしている最低な私のことなんか。

「悪い。ちょっといいか？」

その声は階下から聞こえた。

低い声で言い、私と涼子の前に現れたのは、元希本人だった。

聞かれていたのだ。今のやり取りを。

狼狽より諦めが勝った。おしまいにしなければならないときは、今日なのだろう。

「金村嫁、これから帰ってこいつと話するわ。連れてっていい？」

元希の口調は怒ってもいなければ、ふざけてもいない。

至って、冷静。仕事の相談のようだった。

涼子は頷いた。

「青海と文が話して決めるのが一番いいよ」

すでに同居一ヵ月となる元希の家までは十分ほど。

帰り道は、ほぼ無言だった。

「夕食、どうする？」

家に着くと元希が聞いてきた。本来なら月曜日は私が当番だ。しかし、今日も元希を避けていたので、早々に別々の夕食を提案していた。

私は答える。

「まだ時間も早いし、先に話そう」

定時から間もなく帰宅してきたので、外は明るい。

元希はグラスにふたり分の麦茶を注ぐと、ダイニングテーブルに置き、椅子を引いた。普段着には着替えていない。ボタンダウンのワイシャツにスラックスという姿だ。

今日も日中は三十五度を超える猛暑。歩いて帰る間に私たちは汗びっしょりになっていた。

だけど、私も通勤服のブラウスとスカートのまま、席に着いた。

向かい合い、しばしの沈黙。先に口を開いたのは元希だ。

「アヤの気持ちは、さっき全部聞こえてた。悪い。立ち聞きだな」

「ううん。それはいいんだ」

私は緩く首を横に振った。

それから、まっすぐに元希を見つめた。

「私、この部屋を出ていくね」

なるべく冷静に響くよう、気を遣った。

本当は胸の中で巨大な台風が暴れているようだった。

私の心はなにひとつ決着がついていない。だけど、状況として、同居は終わらせるべきだ。

元希がじっと私を見つめ返す。

「そっか」

てっきり引き止められるかと思っていた私は、やっぱり自意識過剰だ。

元希はあっさりと頷く。彼は私の態度を見て、こんな結末を予想していたのかもしれない。

「行くアテ、あるのか?」

この状況でも、元希は私の心配をしてくれている。申し訳ないような、他人行儀なような複雑な心境になる。

「明日からマンスリーマンションを探すよ。週末には出ていけるようにする」

「引っ越し、手伝いいるか?」

大仰に見えないよう、もう一度静かに首を左右に振った。

「ううん、大丈夫。今回は引っ越し業者のおひとり様パックみたいなのを頼む」

「わかった」

元希は小さく息を吐いた。

表情は穏やかで、この前の金曜日の夜が夢の中の出来事のように思えた。

なにかの間違いみたい。私たちの間に、同居解消の話が出ているなんて。

あの金曜日の夜さえなければ、元希の告白さえなければ、私たちは仲のいい友人として、このまま同居生活を送れていただろうか。

……卑怯な考えはやめよう。

同居解消は元希のせいじゃない。

〝話し合い〟というほど言葉の応酬があったわけではない。どちらかというと事務的に、私と彼は同居解消の手続きを相談し、納得した。

「お世話になりました」

向かい合った元希に頭を下げた。

自分で切りだしておいてなんだけど、こんなかたちで離れようとしていることが、まだ信じられなかった。

「いえいえ、なんのお構いもしませんで」

真面目な答えが返ってくる。

わずかな間を挟んで、元希が言った。

「もし、さ」

「え?」

私は顔を上げた。

そして、胸にナイフを突き立てられたような気持ちになった。彼が寂しげに微笑んでいたからだ。

「もし次の男もハズレで、また捨てられたらさ、俺に言えよ。今度こそ、嫁にもらってやる」

なんだそりゃ。

なんという悪い予言だろう。でも、そのとんでもない提案が悲しくて、おかしくて、私はわずかに笑う。

「縁起悪いこと言うなよー」

「はは。確かに景気よくない想像だよな」

互いの顔を見合わせ、笑い合う。

こんなことも、もう最後。

楽しかった同居生活はおしまいになる。本当に、本当に。もうこの事実は動かないのだ。

「な、アヤ。これから、一緒にゲームしねぇ?」

急に元希がいたずらっ子のような顔をする。

「ゲームって、テレビゲーム? 元希、そういうのやるんだね」

一緒に暮らして一ヵ月。元希がテレビゲームをしているところなんて見たことがない。経済誌や、男性ファッション誌を眺めているところなら見かけたけれど。

元希は苦笑いして、答えた。

「カッコつけてたんだよ。ゲームに夢中になってたら、ガキっぽいだろ? ……でも本当は結構ゲーマーなんだ。漫画とかも好きなほうだし」

「そうなんだ」

私は頬を緩め、つい笑ってしまった口元を押さえた。最後にそんな告白だなんて、いかにも私たちらしい。

「アヤはゲームするほう?」

「基本、見る専」

「じゃ、今日は一緒に対戦しようぜ。新作買って、封を切ってないんだよ」

私にカッコつけたくて、ゲームを我慢していた元希。

もうそんなこと気にしなくていいんだ。

「やだよ、対戦とかさ。私、絶対フルボッコにされるじゃん」

「まーまー、手加減してやるから」

元希が立ち上がり、私も立ち上がった。

たぶん私たちはこれからシャワーを浴びて、部屋着に着替えるのだ。

そして、ピザでも取って、缶ビール片手にゲームに興じることになる。

これが私たちの最後の夜だ。

ルームメイトとしての、仲のいい同期としての。

正真正銘、最後の夜。


元希とはほとんど顔を合わせることなく数日が過ぎ、その週末、私は南砂町《みなみすなまち》のマンスリーマンションに引っ越した。

マンスリーマンションとは便利なもので、家具家電はいっさいがっさいついているし、インターネット環境もばっちり。Wi-Fi《ワイファイ》だって使える。

ワンルームだけど、私ひとりで住むなら充分だ。南砂町の駅から徒歩五分。会社までのアクセスもいい。

元希の部屋からの引っ越しは、とてもあっさりと済んでしまった。

流浪の身の荷物は、素人《しろうと》ふたりで運ぶには大変でも、引っ越し業者の手にかかれば秒殺。土曜日の午後には元希の部屋を撤収した。

この日は東京湾の花火大会。

少し長引けば、元希の部屋から一緒に花火を眺められたかもしれない。でも、そんな都合のいいことは起こらないものだ。

私は作ってもらった合鍵をストラップごと返した。

『おじゃましました』

『おう、またな』

元希は一度だって、引き止めるようなことは口にしなかった。

そうして、私と彼は、会社帰りに別れるくらい普通に別れたのだった。

数日経過した現在、私はお盆休みをこのマンスリーマンションで迎えている。所在ない気分のお盆休み。

最初は実家に帰省しようかとも思った。実家は新潟《にいがた》市にほど近い海沿いの街で、新幹線ならすぐだ。

しかし、ここ最近住所がコロコロ変わっている私は、実家にそれを報告していない。

実家住まいで地元の大学に通っている妹に『東京に帰るとき、私も遊びについてくよ。夏休みだし』なんて言われた日には、大変だ。

『お姉ちゃんが、なぜかマンスリーマンションに引っ越してた』なんて報告を両親にされ、妙な心配をされること請け合い。

また、母に『野菜送るわよ』なんて言われる可能性だってある。住所が変わっていることを知られたら理由を追及されそう。

今は触らぬ実家に祟《たた》りなし。

いいんだ。引っ越しの荷物の整理や、新しい部屋探しに時間を使いたかったし。

引っ越してみて、まず思ったこと。

それは、『ひとり暮らしって楽!』ってことだった。

下着姿でうろうろしてもOK!

お腹出して、床に転がっていてもOK!

テレビを観ながら、ひとり突っ込みを入れちゃってもOK!

おかずや汁物を小皿に取り分けて、別の箸で味見……なんて手間いらずでOK!

あー、楽ちーん。いいよね、ひとりって。

考えてみたら、大学入学から数えてすでに七年もひとり暮らしをしてきたわけで、これこそが本来の私の生活。

ひとりに戻ったら、この快適さに強がりでなく喜びを覚えてしまう。

一方で元希との暮らしは、私の中でまだ生々しく、ことあるごとに頭をよぎるものだった。

大士朗の部屋にいたときはひとり暮らしと変わらなかったけれど、元希との暮らしは違った。

お互いペースを合わせ、居心地をよくするために工夫する。

一緒に夕食を食べ、休日はそれぞれ気ままに過ごす。当たり前のように相手がいて、その距離感が苦痛じゃなかった。

何度となく楽しく笑い合ったし、何度となく一緒にお酒を飲んだ。

……やめよう、こんなことを思い出すのは。

この一ヵ月は短い夢だったと思おう。

楽しい夢だった。

ただ、もう夢から醒めてしまった。

千葉営業所に異動していった三谷さんの言葉が浮かぶ。彼女は不倫という悪い夢から自分で脱却した。

私は、元希との楽しかった夢を封印しなければならない。それが私にできる唯一の誠実な作業だからだ。

毎日をやり過ごしているような感覚は続いている。

食事のときはいつも虚しい。誰が食べてくれるわけでもないので、私の料理は自然と手抜きになり、コンビニ弁当やカップ麺で済ませることもしばしば。いっそ、食べなくてもいいくらい。

帰ってきて、まだ慣れぬ自室に入る瞬間が嫌。

自分の居場所がどこにもなくなってしまったかのような錯覚に陥る。慣れ親しんだ自分の布団すらよそよそしい。

元希がいない。

自由だけど、どうしようもなく不自然な日々だった。


お盆休みの最終日、私は同期や後輩と都内のプールに出かけた。遊園地に併設された、夏だけオープンする屋外プールだ。

主催はいつものとおり、金村夫妻。

遊園地の正門前で待ち合わせた。すでにプールは開いているけれど、入場客が多く、チケット売り場はまだ混雑していた。

私が到着すると、涼子と努くんが先に着いていた。チケットは人数分買っておいてくれたらしい。

一昨日まで三浦半島のほうで海水浴をしまくってきた涼子と努くんは、真っ黒に焼けていた。

「もう少ししたら、経理の後輩の渡辺《わたなべ》ちゃんと山口《やまぐち》ちゃんが来るんだ。あとはサッコと、吉島《よしじま》と猪口《いのくち》と……」

今日の参加メンバーの話をしながら、涼子は思い出したように言った。

「そういえば。文、水着は?」

「……買ったよ、一応」

本当は買うつもりのなかった水着は、やむなく購入の運びとなった。

プールに行こうと言いだしたのは涼子だ。私を問いつめた責任と、元気を出させたいという気持ちが彼女にはある。それがわかるからこそ、無碍《むげ》には断れなかった。

「へー、古町はどんなのを買ったんだ? こいつのビラッビラでさ、泳ぐのに全然向かないんだよ」

努くんが横から言う。ビラッビラとは、涼子がこの前買ったフリンジビキニだろうか。確かにその形容で合っているけれども。

涼子が憤慨した声で文句を返す。

「そんなに本気で泳ぐわけじゃないんだから、可愛さ重視でいいの！ ね、文？」

「はは、そうかもね。バタフライするわけじゃないからね」

私が買ったのは、ボーダーのビキニ。もちろん、タンクトップとショートパンツ付きだ。

今の沈んだ気持ち的には、極力、肌の露出は控えておきたい。

ちょうど、サッコたちが駅の方向からやってきた。涼子が合図しようとそちらへ移動し、手を振り上げる。

「古町」

涼子が聞いていないタイミングで、努くんが口を開いた。

「青海との件、涼子がお節介なことを言ったみたいだな。悪かった」

努くんは涼子からすべて報告を受けているのだろう。

私は少し驚いてから、首を横に振った。

「違うよ、涼子は正しいの。安易に男子と同居を選んだ私が間違ってた」

「……青海のことは、俺に任せてくれていいよ。一応、ダチだから」

「ありがとう、努くん」

小さく息を吐いた。涼子と努くんには余計な気を遣わせてしまった。同居はもう終わったんだし、私が変な態度を見せないようにしないと。

そしてサッコと、同期の男子二名が到着。間もなく、経理部の後輩、渡辺さんと山口さんも合流した。

しかし、渡辺さんの後ろにいる人物を見て、息が止まりそうになった。おそらくは、涼子と努くんも驚いただろう。

「えへへ、誘っちゃいました～」

渡辺さんが頬を赤らめながら紹介したのは、青海元希だった。

片手を上げた元希は、アロハシャツとハーフパンツに麦藁帽《むぎわらぼう》という夏スタイルだ。

「あれ～、青海じゃん。え？　なになに？　いつの間に渡辺ちゃんとそういうことになってたの～？」

鮮やかに笑っている。

サッコが大声で言い、周囲が元希と渡辺さんを囲むかたちで盛り上がる。私と金村夫妻だけが、ややテンションが落ちている。

涼子からしたら、私を元気づけるために企画したのに、元希が来てしまって逆効果といったところだろう。

「違うんですよ！　たまたま、プールに行くって話になって！　……すみません、青海さん」

渡辺さんは慌てて弁解をしつつ、後ろの元希に謝る。『私のせいで誤解されちゃってごめんなさい』って意味かな。

ああ。この子、元希のことが好きなんだ。

そういえば、涼子が言ってたな。元希を狙ってる女子はいっぱいいるって。

「どーもー、誘われちゃったから、来ちゃいましたー。……って、おいおい。なんで俺を誘わないかな、同期諸君」

元希はヘラヘラといつもの調子だ。

答えに窮している涼子に代わり、努くんが答える。

「悪い、誘ったつもりでいた。俺の勘違いだ。でも、来てくれて嬉しい」

「マジか。よかった、ハブられてなくて～」

元希が陽気に笑い、周囲も笑う。

はあ……職場ならともかく、こんなところで顔を合わせることになるなんて。

「チケット足りないだろ？　俺、買っていくから、先入ってて」

飛び入り参加になる元希の分だけチケットがない。彼に促され、メンバーが入口に向かい進みだす。

私ひとりだけが視線を合わせないまま、園内に入場した。

プールまでは少し歩く。焼けつくような日差しの中、私たちは涼しい水面を思い浮かべながら歩いた。

やがて、後ろから元希が追いかけてくる。私と涼子を追い越す瞬間に声が聞こえた。

「ブン、金村嫁、おはよ」

はっと顔を上げたときには、元希は先を行く努くんと並んでいた。

その横顔が憎たらしいくらいに、屈託ない笑顔で……。

私はなにを考えていたんだろう。

元希は、私との関係を元の同期に戻してくれようとしているんだ。

それなのに、私はどこかで考えていた。

元希も私と同じくらい所在ない思いをしているのではないかと。顔を合わせたら、気まずくていたたまれないんじゃないかと。

そうあって、当然だろうと。

もっと言えば、あの同居解消の話し合いのときだって、一度も私を引き止めないことに物足りなさを感じていた。

あれほど、強引にキスしてきたのに。好きだって言ったのに。

あっさりとした別れに、私は寂しさを覚えていた。

私……いよいよもって最低。

元希の気持ちに応えられないと言いながら、彼にはまだ気にしていてほしいなんて。

嫌な女。最低すぎる。

「文、ごめん。こんな感じになっちゃって」

涼子が困った顔で私を見つめる。私はまったく気にしていないふりをしなければならない。

「なんでー、平気平気。青海とはもう、なんでもないし」

『青海』と以前のように呼んでみた。もう、ペナルティのブタさん貯金箱もない。

付き合って別れたわけじゃない。

お互いただの同期に戻っただけ。態度は以前どおりにしよう。

プールは普通に楽しかった。

久しぶりの水着が気になったのは最初だけで、水に浸《つ》かる浮遊感と清涼感はなかなかいい。

親子連れやカップルで混んでいるけれど、それも夏らしくて悪くない。女子は水遊びをメインにして、男子は時間の半分を日焼けに使っている。

それでも私は目につくのだ。

たまに渡辺さんが元希に声をかける。

『ジュース飲みませんか？』とか、『私も焼こうかな』なんて隣に座ってみたりとか。

気になる。

私が気にすることじゃないのに、ちょいちょい視界の端に入れてしまう。

どこか楽しめないまま、お盆休み唯一のイベントは終わってしまった。

着替えて出口に向かうとき、ふと、顔を上げたら元希と目が合った。

偶然だ。元希が、同期の男子と話しながら振り向く格好になったから、視線が交錯した。

しかし、元希の表情にはなんの変化もなかった。

意味ありげな目配せも、戸惑いがちな伏し目も、元希には見られない。

ただ、彼は重なった視線をすぐさま外し、努くんたちに向かって笑いかけた。

目は確かに合っていた。それなのに……。

いや、ちょっと待って。

なんで私が胸を痛めてるのよ。元希に無視されたような気持ちになってるのよ。

普通でしょ、この距離感。


そのあと、場所を変えて飲もうという話になったけれど、私は遠慮して途中の池《いけ》袋《ぶくろ》駅でみんなと別れることにした。

この前は私と元希をくっつけようとはしゃいでいたサッコも、特になにも言ってこない。脈ナシの私より、今ホットな渡辺さんの恋を応援するほうが楽しいと踏んだみたいだ。

ああ、こんな分析をすること自体、卑屈で嫌。

卑屈な自分、大っ嫌い。

被害者ぶってる自分、大っ嫌い。

池袋駅に残るみんなに手を振り、有楽町線の改札をくぐる。

「文、気をつけてね」

涼子の声に振り向いて、もう一回手を振った。

あ、また元希と目が合う。だけど、彼はなんの焦った様子もなく、さらりと視線を外した。興味なんか欠片もないといった調子で。

勝手に傷ついて、胸が痛い自分がすごく不快だった。

もうなにも考えまいと、足早にホーム階への階段を駆け下りていった。


お盆休みが明けて会社が始まり、私の毎日はつつがなく過ぎていった。

三谷さんがいなくなり、急に事務の補充は来ないので、仕事は忙しくなった。

定時では帰れない日が増え、涼子たちと平日に飲みに行くのも難しい。

借りているマンスリーマンションに帰り着くと、なにもやる気が起きなくて、ろくに食べもせず眠ってしまう。

誰かに夕食を作る必要がなければ、調理の回数自体が減り、部屋の生活感もなくなっていく。

マンションはいっそう借り物の顔。馴染めない。

早く、居心地がよくてのんびり住める部屋を探そう。

そういったことを考えながら、なかなか部屋探しにも動けない。

気力が圧倒的に足りない。そんな感じ。

はぁ。私、どうなっちゃうんだろう。

全部が面倒くさい二十五歳の夏。

でも、考えてみたら、失恋のあとってこんなものかもしれない。

大士朗に振られた私が楽しい日々を送れたのは、元希がいたからであって、そのツケみたいなものを今払っているのなら、ちょうどだ。


八月もあと十日を切った頃、本社会議の資料作成が回ってきた。以前は田中部長にべったりの三谷さんがやっていた仕事だ。

小里さんに、やってもらえないかと頼まれたとき、どうしても断れなかった。

三谷さんの仕事を詳しく引き継いだのは小里さんであり、彼の負担は私以上だ。さらに、失恋ですっかり腑《ふぬ》抜けている田中部長のフォローも、小里さんを始めとした男性社員の仕事となっていた。

忙しいのは私だけじゃない。ここで手伝えなけりゃ、物流部の一員じゃない。気力がないからってサボっていたら田中部長と一緒だ。


定時後に作業すること三日。会議前夜にようやく資料は完成した。

会議は朝一なので、この資料はもう運んでしまうのが得策だろう。

今回は添付の冊子がある。結構な量になる紙束を両手に抱えてみる。

うーん、重い。

でも、事務所には誰もいないし、私が運ぶしかないよなぁ。

よっ、と資料の山を抱え直すと、本社七階の大ミーティングルームに向かって歩き始めた。

鍵を借りようと総務部に寄ると、ちょうど毬絵さんがひとりで残っていた。

「今、うちの部署がミーティングルームのセッティング中だから、鍵は開いてるわよ」

「ありがとうございます。では、行ってみます」

「古町さん……っと……」

頭を下げた私に、毬絵さんが声をかけた。

正確には声をかけようとして、押し留まったといった感じ。

なんだろう。

私が毬絵さんの様子を窺うと、彼女は困ったように笑った。

「なんでもないの。テーブル用の消毒薬をついでに持っていってもらおうかと思ったんだけど、さっき別の用事で戻ってきた子に頼んだんだったわ。嫌ね、私ったら」

「あ、そうですか」

「本当、ボケてるわね。ごめんなさい」

ふんわりと照れ笑いする毬絵さん。

毬絵さんでも勘違いや間違いなんてあるんだなぁ。

可愛らしい年上の女性に再び頭を下げ、私はエレベーターホールに向かう。

結局、毬絵さんと元希の関係性の疑問は解けないままだったなと思う。

ま、いっか。もう、元希とは関係ないし。

エレベーターのボタンを押し、やってきた一基に乗り込む。

七階のボタンを押して思い出した。

そういえば、七階の大ミーティングルームは元希と大士朗へのドッキリを仕掛けた場所だ。

あれ以来だな。

あんな恥ずかしいドッキリ、もう生涯することはないだろう。一ヵ月前の出来事がひどく昔のことに思えた。

ふと閉まりかけたドアが止まり、緩慢な動作で開いた。

乗り込んできたのは元希だった。

ちょうど元希のことを考えていたときに本人が現れ、心臓が止まりそうになる。

彼も私が乗っているとは思わなかったみたいだ。表情が硬く、目はやや見開かれている。

「よ、重そうだな」

でも元希はすぐに驚いた表情を消し、私に微笑んだ。

自然な笑顔につられるように、私も口の端をわずかに上げた。

「……青海、久しぶり」

迷ったけれど、『元希』とは呼べなかった。

彼は私の手に積まれた重たい資料を、なんの断りもなく取り上げた。有無を言わさぬ雰囲気で自分の荷物にしてしまう。

「持つ。あと、そこは『元希』でいいよ」

「ん、ありがと。ごめん」

元希は資料をミーティングルームまで運ぶと請け負ってくれたけれど、私には気詰まりな時間だった。

七階まで上昇していく間、エレベーターという密室にふたりきり。

もうなんでもないふたりなのに、私ばかりが意識している。

「アヤ、少し痩せた？」

不意に元希が言った。並んでドアに向かっているので、私の顔は見ていない。私も彼を見ずにドアを見つめて答える。

「変わんないと思うけど」

「そうか？　顔、ちっさくなってるぞ。ひとりだからって、飯作るのサボるなよ？」

「はは。元希といたときが食べすぎだったんだよ。あんたと同じくらい食べちゃってたもん」

そこで会話が途切れた。

なにか話さなきゃ。気まずいのは本意じゃない。

私たちはただの同期。

最初からなにもなかった。ハグも、キスも、告白も。

だから、普通に楽しく話せるはずだ。

自分に暗示をかけるけれど、口はうまく動かない。

「アヤ」

エレベーターが七階に着いたときに元希が私の名を呼んだ。ドアが開くと、そこでは会議の準備をしている総務の社員が何人も行き来している。ミーティングルームは目と鼻の先だ。

元希はそれ以上、なにも言わなかった。

「運んでくれてありがとう」

ふたりでミーティングルームのテーブルに荷物を置き、私は元希の顔を見上げる。

彼はふいっと顔をそむけ、片手を上げると行ってしまった。

元希はなにを言いかけたのだろう。

そして、私、全然ダメだ。

うまく話せなかった。

久しぶりに元希と会えたことは、戸惑いも大きかったけれど、嬉しさもあったのだ。

昔みたいに冗談交じりのやり取りもできたはずなのに。……本人を見たら身体がすくんでしまった。

気づいたことがある。

元希と私の視線は一度も合わなかった。互いの顔は見たはずなのに、視線が交わることはなかった。

それはそのまま元希の意思のようだった。

彼は距離を置きたいのかもしれない。

ミーティングルームから、物流部の建屋に戻った。退勤時刻をパソコンの社内システムに入力し、着替える。

倉庫でまだ仕事中の小里さんを始めとしたおじ様社員たちに挨拶をすると、重たい身体を引きずり、外に出た。

ふと横を見てしまったのがよくなかった。

本社の玄関先で楽しそうに話をしているのは、元希と渡辺さんだった。

経理部の、元希のことが好きなあの子。

なにをやっているのかな。

帰り際、偶然一緒になったとか？　それとも約束してごはんでも行くのかな。

渡辺さんは心から嬉しそうに笑っているし、元希もまんざらでもなさそう。

私とは重ならなかった視線は、渡辺さんとは絡むのだろうか。

考えたら、心臓をハンマーでぐしゃぐしゃに潰されたような気持ちになった。

やっぱりダメだ、私。こんなに元希を気にしてちゃダメだ。

元希はもう別の道を歩もうとしている。いつまでも彼が私を好きでいるはずはないんだから。

切り替えろ、弁《わきま》えろ、前を向け！

私はふたりの視界に入らないように、こそこそとその場から逃げだした。

自宅に帰り着くと、ぐったりと疲れていた。疲労感よりやるせなさが勝っているのはどうしてだろう。

ふと、ポストに郵便が届いていることに気づく。

白い封筒。裏には元希の名前が書いてある。

彼には念のため新しい住所を教えたけれど、なにか送られる心当たりはない。

封を切ると出てきたのは、丁寧にハンカチに包まれたピアスの片方。

間違いなく私のものだ。

荷造りしたものと思っていて、引っ越しが終わったら、片方だけ行方不明になっていた。やっぱり元希の家に忘れてきていたのだ。

なくしたと思っていたものが手の中にある。

それが元希からもたらされたものだと思うと、どうしようもなく切なく、また嬉しかった。

【洗面所に置き去りにされていました。片方じゃピアスもかわいそうなので送ります。大事なものは置いていかないように】

元希の字でそう書かれていた。
お気に入りのピアスで、確かによくつけていたもんね。
そんなことまで知っているほど、元希は私を見ていたのだろう。
「大事なものかぁ」
なぜか鼻がツンと痛くなった。喉の奥に痛いしこりがあるみたいで苦しい。
「置いていっちゃダメだよね、そりゃあさ」
もしかして、私はあの部屋に大事なものを置いてきてしまったのかもしれない。
胸が痛くて、涙がこぼれるのは、そのせいかもしれない。
どうしよう。
元希に会いたい。
今さらながら、私は自分の気持ちに気づいてしまった。

清く正しくあなたが好き

青海元希は最初から意地悪なやつだった。

二十二歳の頃、薗田エアサポートの新入社員研修で同じ班になった瞬間からだ。

『すっごい噛んでたけど、大丈夫かぁ？』

電話応対のトレーニングを終えて席に戻ると、そんな言葉がやつから降ってきた。

確かに私は緊張から、まるで舌が回らず、『薗田エアサポート』という自社名すら三回連続で噛んだ。

だって、同期全員プラス総務の研修担当課長と外部講師の前で、ひとりでやるんだよ？

こっちはみんなの前に立つこと自体、結構なミッションなんだから。

『次は青海くんの番なんで、せいぜい頑張って。お手本にするから』

『おう。最高の手本を見せてやる』

私の皮肉なんかまったく通じる余地もなく、前に進み出る元希。

やつの電話応対シミュレーションはパーフェクトだった。

その他、すべての研修項目で、青海元希は無敵を誇った。

新入社員同士のディベートも負けナシ。外部講師とのディベートにも打ち勝ち、グループ企業間の新人交流でも、コミュニケーション能力は突出していた。

社内システムはあっという間に理解し、その日のうちに人に教えられるレベルまでマスターしていた。

なに、こいつ。

同期の中で一番できるやつと同じ班になっちゃったよ。

私は正直、嫌だった。

元より地味路線で、出る杭《くい》になりたくない私は、元希と班が同じなばっかりに一緒くたに注目された。

同じ班だった努くんや涼子が、元希と並んでも遜色なく見えたのは、彼らに確たる自分自身があるからだろう。

『おい、ブン。元気出せよ』

連日の研修で、ひとり置いてけぼり感マックスの私はヘコんでいた。

もう息切れしそう。みんなの……この班のペースについていけない。

『おまえさ、もうちょっとガツガツやる気出しといたほうがウケいいぞ？　ただでさえ俺たちの世代って、ゆとりだなんだって言われてんだからさ』

元希は当時からマイペースだった。当たり前になんでもできる人間と、同じレベルを求められるのはつらい。

はあ。青海元希の積極性の一割でも私にあればなぁ。

『私……先頭を歩くタイプじゃないから……』

私の情けなさすぎる弱音に、元希はふんと息を吐いた。

あきれているようにも、どうでもよさそうにも見えた。

『全員がリーダーやんなくてもいいだろ？　サポート役が向いてるって自分でわかってるなら、そっちに特化しろよ』

サポート役……。でも、新人のうちからそんな思考じゃ、向上心がないと思われないだろうか。本来はリーダーを目指すべきなんじゃなかろうか。

それができないから苦しんでるわけで……くーっ、〝できない〟がわからないやつって困る！

『そうだ。ブンは俺のサポートをすればいいよ』

元希がとっておきの名案とでも言わんばかりに声を張り上げた。

『青海くんの？』

『そう。前向くのは俺の仕事。ブンは俺の横か後ろを歩いて、俺が見えない部分を見て教えてくれよ。そういう役割分担ができたら、俺たち最強だろ?』

なーんかファジー。

つうか、そもそもあんたと同じ部署になる確率は低いと思う。

だけど元希の言わんとしていることはよくわかった。明らかに落ちこぼれそうな私を、励ましたくて言ってるんだってことも。

私が答えずにいるせいか、元希はもっとうまい例え話を模索中。

『えーと、RPGでいえば、俺が勇者とか剣士とか格闘家とかのアクティブ系のジョブな? ブンは僧侶とか魔導士として、脇からばんばか回復魔法を使いまくり……』

『あはは。ごめん、そっちのほうがよくわかんないや。でも、青海くんの言いたいこと、なんか伝わった』

私が笑ったせいか、元希の表情がぱっと明るくなったのを覚えている。

『それじゃ、今後もひとつ、末永くよろしく』

『うん、よろしく。私なりの精いっぱいを出せるように頑張るよ』

あのささやかな瞬間は、そのあとも私の社会人生活を支えてくれた。

研修が終わり、物流部に配属され、青海元希と交わしたやり取りの内容自体は長らに働ける。


く思い出さずにいた。けれど、言葉による決意の感情だけが私の胸にはあった。

私はこの部署のメインではない。だけど、私のサポートがあるから、みんなが円滑に働ける。

私の働く意義を作ってくれたのは、他ならぬ元希だったのだ。

そんなこと、一緒に暮らしているときは思い出さなかった。

こうして離れてみて感じる。

今までどれほど元希に助けられてきたか。

彼の意地悪な言動やちょっかいは、私を貶《おとし》めたいわけじゃない。私を気遣っていたり、また私の気を引きたかったりなんて、可愛い動機のこともあったはずだ。

バカだなぁ、元希。

そんな遠まわしにしないで、ストレートに言ってよ。

私、すんごい鈍いんだから。

あんたの優しさに気づけないくらいバカで鈍いんだから。

私は元希が好き。

なんてことだろう。もう遅いというのに気づいてしまった。

季節は九月。

残暑厳しい毎日、我が社を三つの噂が席巻《せっけん》していた。

ひとつ目は大士朗の婚約。

来春、お相手の洋々ケータリングエアに迎えられ、夏には挙式ということが公になった。これで、大士朗は大っぴらに遊べなくなっただろう。

ふたつ目は毬絵さんの異動だ。

総務部主査の立場から、第一営業部一課の課長となる。これは毬絵さんが後継者として認知された瞬間だった。

婚約者である安島部長とのご結婚は、大士朗の婿入り後となるらしい。

三つ目の噂。

これが私の心に影を落としている。

『青海元希がヘッドハンティングされた』

これはまだ完全に噂の領域なのだけれど、さも決まったことのように言われている。

しかも、元希に目をつけたのはアデレードホテル。

帝国航空のグループ企業内ではトップ業績の会社であり、我が社の株式の相当数を持っている。いわば、もうひとつの親会社だ。

噂では、元希を気に入ったのはアデレードホテルの社長・藍沢英隆《あいざわひでたか》氏だという。社長自ら、元希に『ぜひうちに移ってきなさい』とアプローチをしているとか。

実際のところはわからない。

いくら元希が仕事ができるといったって、社内では入社三年目。新人に毛が生えたようなものだ。

それをヘッドハンティングだなんて。しかも、いいところの社長さん自らなんて。話ができすぎている。

きっと噂には長～い尾ひれがついているに違いない。

しかし、火のないところに煙が立たないのも事実。まことしやかに流れる噂を聞いていると、もしや……なんて思ってしまう。

もう一週間以上、元希の顔を見ていない。

いや、元希と会ったとしても、噂の真偽を問いただすことなんかできないだろう。

九月一週目の金曜日、私は涼子と久しぶりに飲みに来ていた。

場所は〝醍醐〟だ。

涼子は私の元気がないと思っている。たぶん今日はそのあたりを気にして、週末の夜、時間を割いてくれたんだろう。

涼子のいつものトークを聞く私は、確かに元気がない日々を送っている。

答えの出ない悩みと、言う機会をなくした言葉が胸を侵食しているせいだろう。

元希がいなくなるかもしれない。

このまま、なにも言うことなく、この恋は終わるのだろうか。

冷たいカルピスサワーも、喉で引っかかって上手に入っていかない。

「……言おうか迷ってたけど、やっぱり言うわ」

不意に涼子が口調を変えた。

さっきまでは普段どおり、新しくできたカフェの話をしていたのに。

「なに？」

「青海がアデレードホテルに転職するかもって噂、本当かもしれない。昨日見たから」

真剣な口調の涼子。思わぬ話に私は身を乗りだした。

「どういうこと？」

「昨日、青海と薗田社長が並んでお見送りしてたお客さん、アデレードホテルの茶谷《ちゃや》常務だった。アデレードの藍沢社長の懐刀って人だよ。私、会議で見たことあるから間違いない」

元希がうちの社長と？　アデレードのお偉いさんを？

元希はなんの役職にも就いていない。ペーペーが社長と並ぶって光景自体、不自然すぎる状況じゃないの。

答えがあるとしたら、例の噂の中にあるようにしか思えない。

推測の域を出ないけれど、涼子の見た光景は今流れている噂とマッチングする。

元希が転職。いや、この場合は親会社への移籍になるのだろうか。

いい話じゃない。グループトップのアデレードホテルへ移籍できるなら最高だ。

「文が元気ないのは、青海の噂のせいでしょ？」

涼子がためらいがちに言葉を続ける。

「好きじゃないなんて言って同居をやめといて、今さらそんな顔すべきじゃないよ」

「私、どんな顔してる？」

「絶望。どん底。文のそんな顔、見るのはつらい」

涼子は私を心配してくれている。そして、いつまでも煮えきらない私の背中を押したいのだろう。

だけど、私と元希の同居解消のきっかけを作ってしまったからか、口に出せずにいるようだ。

「もう終わったことだし。私と元希……青海は関係ないよ」

私はわざと明るく言った。

だって、私になにができるの？　もう、うまく話すこともできず、顔も滅多に合わせない元希。

あんなかたちで拒絶した私が、これから輝かしい未来のある元希に、なにを言えばいいの？

好き。付き合って。

アデレードホテルに移籍なんてしないで。

ずっと一緒にいて。

……そんなこと言えるはずがないじゃない。

がらっと勢いよく引き戸が開く音が、店内に響く。

「古町！」

〝醍醐〟に飛び込んできたのは努くん。

努くんにしては割と大きな声で、他の客が驚いた顔で彼に視線を投げる。

カウンター席に座っていた私と涼子も驚いて出入口を見た。

努くんは今まさに会社から走ってきたといった様子だ。シャツが汗で張りついているくらい。

「どうしたの？　努くん」

涼子が声をかける。今日は残業の予定だった彼が血相を変えてやってくる理由は、私も涼子もわからない。

彼はずんずんと私たちのところへやってくると、席にも着かずに言った。

「古町、青海が今夜、アデレードホテルの五十周年記念パーティーに参加してる」

前置きもなく、努くんが切りだす。

「俺もさっき知った。ヘッドハンティングの話、本当に受けるのかもしれない」

呆気に取られる暇はなかった。

私は続けざまにもたらされた情報に、言いようのない焦りを覚えた。だけどなにもできず、ただ拳を握る。

「おまえ、青海に会いに行ってこい！　このままじゃあいつ、アデレードホテルの人間になっちまうぞ！」

「……それは、青海が決めることだから」

答えながら、焦燥で胸が破けそうになる。

どうしよう。元希が行ってしまう。

私には手の届かないところへ行ってしまう。

普段冷静な努くんの口調が、焦りと怒りで熱を帯びていた。

「あいつとは仲よく同期をやってたつもりだ。だけど、俺にも古町にもなにも言わず、転職するなんてありえるか？　そんなに友達甲斐のないやつだったか？　仮にアデレードに移るなら、納得のいく理由が知りたい。あいつがよそよそしい態度になる原因が知りたい。古町はこのまま青海が行っちまってもいいのか⁉」

嫌だ。

いいわけない。

だけど、私にそんなことを言える資格なんか……。

「古町、青海が会社を辞めるのを止めてきてくれ！　おまえなら、あいつの心を動かせる！」

努くんが言いきった。

ダメだよ、努くん。私には資格なんか……。

……いや、あるわ。

資格じゃないけど、私には伝えていないことがある。

元希の未来を変える権利はないけれど、本当の気持ちを伝える権利はある。

新人時代、へコんだ私を引っ張り上げてくれた元希。

失恋のどん底にいた私に手を差し伸べてくれた元希。

いつだって、意地悪な物言いに隠した優しい気持ちを感じていた。

だから、私は元希を信頼していたんだもん。

気づくのが遅くて、鈍感で、全然元希には追いつけない私だけど、まだちゃんと伝えていないよ。

元希が好きだって。

たとえ、元希がすでに私を忘れ、別の方向を向いていたとしたって、ここで伝えなかったら一生後悔する！

「努くん、アデレードホテルって羽田空港隣接のあそこでいいんだよね」

気づいたら立ち上がっていた。衝動に突き動かされるように。

「ああ、国際線のターミナルビルに併設されてる。パーティーをしているのは、三階のバンケットルームだと思う」

「文……」

涼子が心配そうな顔で私を見上げる。

私はくっきりと笑顔を返した。

「涼子。私、離れてみるまで元希への気持ちに気づけなかった。きっかけをくれてありがとう」

「ううん。私、お節介だったかなってずっと反省してた」

「ちょっと遅くなったけど、元希と向き合ってくる。逃げるのはやめた。努くん、涼子、感謝してる」

私は頭を下げるなり、バッグを掴んで〝醍醐〟を飛びだした。


電車よりタクシーを使うほうが直線距離は近い。

私はタクシーを捕まえ、アデレードホテルに向かった。

国際線ターミナルビルに併設されたアデレードホテルは、横に長い構造だ。国内にいくつもアデレードの名前を冠するホテルはあるけれど、ここが一番最初にできた本店ともいうべきホテルになる。

帝国航空の便に乗った多くの旅客がここを利用し、また、財界人のパーティーにも使われる由緒あるホテルだ。

三階の一番大きなバンケットルームまで意気込んでやってきた。会場案内板と入口に、確かに【創立五十周年記念】の文字。

廊下にまでドレスの女性や、パーティー用のスーツに身を包んだ男性たちが溢れている。

ここに来て大変なことに気づいた。私は完全にいつもの通勤スタイルで来てしまったのだ。

白のリボン付きカットソーにネイビーのガウチョパンツ。パンプスもやる気ナシのローヒール。ＯＬの楽ちん通勤服って感じ。髪も湿度で癖が出てきちゃって、盛り感ゼロだ。

どうしよう。さすがにこれでさらっとは入れない。入口には受付のブースもある。見咎められたら困る。

パーティーはすでに始まっているようだ。誰かが話す声がマイクを通して中から聞こえてくる。

ドキリとした。

会場から漏れ聞こえる、この低くてよく通る声は？

間違いない、元希だ。

なぜ、元希がマイクで話をしているのだろう。

私は背伸びをして、人垣の向こうのよく見えない会場を覗き込む。完全な不審者だ。

そうだ。中に上司がいて、緊急の案件で来たとか言って侵入しちゃおうかな。

でも、上司って誰の名前を挙げればいいんだろう。今日、うちの会社で呼ばれているのは誰?

「古町さん?」

不意に名前を呼ばれ振り向くと、そこにいたのはドレスアップした毬絵さんだった。

長い巻き髪をアップスタイルにまとめ、エレガントなミモレ丈のピンクベージュのワンピースに身を包んでいる。

私は突然の出会いに狼狽し、言い訳を探してあわあわと唇を震わせてしまう。

すると、毬絵さんは美しくメイクされたお顔をキリッと引きしめた。

「古町さん、私についてきて。あなたは私の部下ね。今は仕事の話でここに来たってことで」

ちょうど私が考えていた言い訳を、毬絵さんが唱える。そして私の前に立つと、先導して歩き始めた。

「今、ちょうど元希がスピーチをしてるわ。会いに来たんでしょう?」

「え?」

「あなたと元希の関係はあらかた知ってるから安心して」

なぜ、毬絵さんがそんなことを言うのかわからない。

元希が説明したというのだろうか？　でも、なんのために？

そもそも、毬絵さんは元希の移籍についても、なにか重要なことを知っているのかもしれない。

……いや、問いただす暇はない。ともかく会場に潜入するのが先だ。

豪奢《ごうしゃ》なシャンデリアが据えられ、光溢れるバンケットルームには、ワインと料理の香りが満ちている。

セレブがわんさかの会場内は、私の場違い度が霞《かす》むほど招待客でいっぱいだった。

毬絵さんの後ろをついていきながら、声のするほうへ必死に伸び上がる。

正面中央の壇上でスピーチをしているのは、やはり元希だった。

私は信じられない気持ちで、彼の姿を眺めた。スマートなスーツは普段の営業時とは違い、スリーピースの上品そうな仕立てのものだ。いつもはワックスで適度に無造作に仕上げられた髪も、今日はややまとめてあり、一見、若手政治家みたい。

表情は笑顔。同期に見せるヘラッとした笑い方じゃない。

引きしまった口元は誠実そうで、そして落ち着いた声音は変わらず魅力的だった。

「皆様には長年に渡り、アデレードホテルを支えていただき――」

元希のスピーチの内容は途中から聞いたのでわからない。ただ、すでに彼がアデレードホテル側の人間であるかのような話しぶりだ。

どういうことだろう。

ここまで追いかけてきてしまったけれど、もうすべてが手遅れなのだろうか。そもそもこの状況の真実がわからない。

気持ちがしゅるしゅるとしぼみかける。

なんだか、とんでもない疎外感を覚える。追いかけてきた私ってなんなんだろう。

スピーチは終盤のようだ。私は毬絵さんの横で、元希を見つめ続けた。

一瞬だった。

元希の視線が私に注がれる。

あれほど合わなかった視線が、濃密に絡んだ。彼のスピーチがほんの数秒止まる。

「……失礼しました。お集まりの皆様の熱気に当てられてしまったようです」

すぐに元希は立て直し、賓客に笑顔を見せると言葉を続けた。

そしてスピーチが終わり、会場を割れんばかりの拍手が満たす。それを合図に、私は毬絵さんに頭を下げた。

「毬絵さん、ありがとうございました。私、もう行きます」

「古町さん？　待って。今、元希が来るはずだから」

毬絵さんの制止を振りきり、私は足早に会場を出る。

エレベーターホールまで来たけれど、なかなか来ないエレベーターに業を煮やし、階段を探す。

ああ、また逃げてしまった。

逃げないと決めたのに、元希の輝かしい姿を見たら、私の気持ちなんてものすごくちっぽけなものに思えてしまった。

どんなに好きでも、私は一度、元希を拒絶したのだ。

今さら、手を伸ばしちゃいけないんだ。彼はもう、私とは住む世界が違ってしまったんだから。

階段を駆け下り、行き交う人を避けながらエントランスを抜ける。

ターミナルビルではなく、外に通じるドアから出ると、タクシー乗り場には何組かが乗車の順番を待っていた。

タクシーは何台も続いているし、少し待てば乗れるだろうけれど、もう急ぐ道でもない。

普通にモノレールで帰ろうかな。それなら、やっぱりビル内に戻らなきゃ。

モノレールの駅を目指し、ターミナルビルに向かって歩きだした。

「アヤっ‼」

背後から私を呼ぶ声が聞こえる。切羽詰まったような低い声。

振り向くとそこには元希がいた。

会場を抜け、走って追ってきたであろう彼は息を切らしていた。

「元希……」

「アヤ……」

再び背を向けようとした私の手を元希が掴んだ。強い力で引き寄せられる。

「逃げるなよ」

「だって！」

先が続かない。

手を振りはらい、元希をキッと見据える。

「……アデレードホテルに引き抜かれたの？」

私の問いに、元希が自嘲気味に笑った。

「噂になってるもんな」

「やっぱり、そうなんでしょう？」

言いながら、涙が出てきた。悔しいのか悲しいのかよくわからない。

ただ、元希が遠くに行ってしまいそうなことだけがわかる。

「来春には、アデレードホテルのセールス部門に迎えられることになってる」

元希が素直に答えた。

言葉の刃《やいば》が、ざくっと私の心に振り下ろされる。

意見できるレベルの話ではないのだ。もうすっかり決まったことのように響く、彼の言葉。

ああ、やっぱり止められないんだ。

それなら、黙って元希を見送るしかないじゃない。

散々振りまわしたんだし、ここで彼の後ろ髪を引くようなことは言うべきじゃない。

見送ろう。黙って見送ろう。

「……行かないでよ」

決意と真逆の言葉がこぼれた。

自分でも信じられない。心を決めたそばから、私は元希を引き止めるのに躍起になっている。

「行かないでよ、元希。離れていかないでよ」

止まらない。

ダメだ、気持ちが抑えきれない。

元希の瞳がわずかに見開かれる。

「俺を引き止める理由……聞いていいか？」

理由？

そんなのたったひとつだよ。

「元希が好きだから……に決まってるじゃない」

伝えたかった本当の気持ちが溢れた。

「冗談だろ？」

焦ったような彼の手が、私の両手首を捕まえ、戒《いまし》める。そんなことをされたら、いっそう胸が痛い。

「冗談じゃないよ！　冗談で、こんなところまで追っかけてこないでしょ⁉」

私は元希に怒鳴り、溢れる感情のまま言葉を重ねた。

「私、バカでグズで、鈍いから、元希と離れるまでわかんなかった。ひとりになって、一緒に暮らした一ヵ月を何度も思い出した。寂しくて、元希と話せなくて、すごく苦しかった。元希が好きだよ。ずっと一緒にいたいよ」

言いながら、どうにも涙が止まらず、私はカッコ悪く鼻をすする。

急に、元希が私の手首の戒めを解いた。支えを失い、ぶらりと下がる自分の手に、私は落胆する。

やっぱりすべてが遅かったんだ。

元希に私への気持ちはもうないし、移籍も変えられない。

しかし次の瞬間、事態は大きく変わった。彼がきつく私を抱きしめたのだ。

熱いくらいの元希の温度に、懐かしさと慕わしさで苦しくなる。

元希、元希。

好きだよ、大好きだよ。

「アヤ。俺な、ビキニはバンドゥタイプが好きなんだ」

「……は？」

元希からすべてをぶち壊しそうな変化球が飛んできた。

抱きしめられた格好のまま、不信感丸出しで見上げる私。

彼は熱心な口調で訴える。

「おまえがこの前プールで着てた、タンキニタイプのってさ、残念感が半端ないんだよ、男としては。バンドゥタイプなら、おまえの小ぶりな胸もかたちよく収まると思うんだよな。ほどよいエロさもあるし」

あれ？

今、私、告白したんだけど。

なんか水着の好みの話されてない？

え？　告白の返事って、それ？

とんでもない方向性の返事になってるけど。

「えーと、一応あれ、中はビキニなんだ」

「見せなかったら、ビキニって言わないんだよ！　あげくにおまえ、ずっとパーカー着てただろ。なんなんだ、あのガードの固さは。部屋じゃ隙だらけの格好してた癖に。俺の期待を返せ！」

「あのう、元希サン」

困り果てている私に、元希があきれた口調で言った。

「だーかーら！　気づけよ！　おまえに振られたって、おまえのことしか見てないんだよ、俺は。この前のプールだって、おまえが行くって小耳に挟んだから、無理やりついていったんだよ！」

元希が、がしがしと頭をかく。

せっかく綺麗に整えられた髪がくしゃくしゃになってしまう。でも、このほうがずっと普段の彼に近くなった。

「新人研修のときからアヤが好きだった。アヤの心に食い込むチャンスを狙ってた。チャンスを逃して、大士朗に横からかっさらわれてたって知ったときは発狂しそうだった。アヤが泣いてるところを見るまで気づきもしなかったなんて、自分を呪ったよ。だけど、おまえが失恋したなら、その傷につけ込んででも俺のものにしたかった」

真剣な表情で私を見つめ、苦しそうに告白してくれる元希。

その口から出る愛の言葉に胸がいっぱいになる。

そんなふうに想っていてくれたのだ。鈍い私は、元希のことを長い間、無神経で意地悪なやつと思っていたのにね。

「おまえが出ていってから、毎日会えるチャンスを狙ってた。どうにか、もう一度おまえの視界に入りたくて必死だった。だけど、会えばうまく喋れない。おまえに迷惑がられるのが怖くて、自分から目をそらしてばかりだった」

だから、あれほど元希と目が合わなかったのだ。私はそれが元希の『離れたい』という気持ちの表れだと誤解していたというのに。

「会いたくて、なにか話したくて、もう一度触れたくて。時間が戻るならやり直したかった。好意なんか見せず、いつまでも同期の距離で一緒に暮らせたら、どんなに幸せかって……」

元希が悲痛に呟いて、私の髪に顔をうずめる。

離れている間の気持ちは、私も元希も変わらなかったんだ。

言葉にすれば、こんなに簡単にわかることなのに、なんてもったいない日々だったんだろう。

「元希……でも私、元希に言ってもらえなかったら気づけなかった。自分の気持ち。元希が好きだって」

「鈍いもんな、おまえ。だけど、今日来てくれた。なあ、俺のこと好きって本当？」

わずかに笑って、元希が甘えを含んだような柔らかい声でささやいた。

私は力強く頷く。

何度言ったっていい。私は元希が好き。

「ここで『嘘でした』って言わないでしょ。好きだよ、好きだからアデレードホテルへの移籍を止めたくて来たんだもん」

言いながら、引っ込んでいた涙がまたじわじわと目尻に滲む。

気持ちは伝わったけれど、元希の移籍は変えられない。

「すまん。俺がアデレードに移籍することは、最初から決まっていたことなんだ」

最初から？　それはどういうことだろう。

訝しく元希の顔を覗き込む。

すると彼が勢いよく身体を離す。数歩下がって、〝気をつけ〟の姿勢を取った。

「えーと、アヤに言ってないことがあります。両想いだってわかって、浮かれて抱きついちゃったけど、俺の話を聞いて、それでもよければ俺と付き合ってください」

いきなり真面目な顔で言い放つ元希。

ええ？　なになに？

とりあえずわけもわからず頷くと、彼が口を開いた。

「俺の本名は藍沢元希といいます。青海は母方の旧姓」

「藍沢？」

あれ。つい最近その名字、聞いた気がする。

私が記憶をたどる前に、元希が正解を言った。

「俺の父親は藍沢英隆。アデレードホテルの現社長です」

彼は真正面に私を見据え、緊迫した声音だ。

「え？　えええええ⁉」

藍沢……そうだ。アデレードホテルの社長はそんな名字だった。

そして、元希がその息子ってことは？

「元希は……アデレードホテルの御曹司ってこと？」

「うん、まあそういうことです。今日のパーティーが後継者としてのお披露目だったりします」

元希が信じられない事実をさらりと告白する。

私は目の前の御曹司を指差し、固まった。

できる同期は、なんと親会社の後継者。

こんなことってあるだろうか。

「親父の言いつけでさ、三十代まではグループ企業を回って、ものの流れや、航空業界の情勢を勉強してこいってことだったんだよな。だけど、親父が先月、体調崩してさ。気が弱くなったのか、俺の後継者指名を早くしたいって話になったんだ」

「最初から移籍が決まっていたって、そういうこと……？　時期が来たら、アデレードに戻る予定だったんだね」

「ああ。みんなに言えないのは心苦しいけど、それも俺の役割なら仕方ないって思ってた。アヤが行かないでって言ってくれるのはすごく嬉しい。でも、これは俺のやりたい仕事のスタートラインだから、譲れない。ごめん」

元希が頭を下げるので、私は慌てて答えた。

「寂しいけど、そんな理由なら……仕方ない」

元希は『移籍する』のではない。『将来自分が経営する会社に戻る』のだ。

それじゃあ、私ひとりが騒いでもどうにもならないじゃない。

というか、こんな暴露話があるとは思わなかったから元希を引き止めに来たけれど、後継者様に後を継ぐなっていうのは、さすがに言えないです、はい。

「だけどさ、こんな急なネタバラシ、友達なら嫌な気分になるよな。騙してたってことになるし。金村あたりはマジでキレてそうで怖い。なんて謝ろうか真剣に考えてる」

努くんは結構本気で怒ってる。だから私をたきつけたんだけど、今の元希には言わないでおこう。

それにしたって、なんてことだろう。

スタートから、元希の道は違っていたのだ。今は驚きのため息しか出てこない。

彼はへへっと苦笑いをして白状する。

「本当はさ、アヤには早く喋っちゃって、『俺のものになれば未来の社長夫人だぜ〜』ってやりたかったんだけど、おまえが『御曹司はもうコリゴリ』とか言うから、むしろトップシークレットになったわ」

「え、そんなことを気にしてたの？　……あ、思い返せば、大士朗との関係にしろ、毬絵さんとの関係にしろ、変なことはいろいろあった気がする」

大士朗はお目付け役の元希へ引け目を感じていたのではない。身分も能力も完全に上の元希を、恐怖の対象として見ていたのだろう。

花火のときも大士朗は、私と元希はＶＩＰ席に行かないのかと聞いた。

元希が自分の素性を隠して私と付き合っているとは思っていなかったのだ。元希の立場なら、ＶＩＰ席に招かれていたって不思議ではない。

「毬絵さんと仲よく見えたのも？」

「そうそう。将来の経営者同士の付き合いだよ。親の代から友好関係だし、安島部長含めて懇意にしてるんだ。実際、昔っから姉貴みたいに思ってるから恋愛相談も……まあ少々」

『恋愛相談も……』のあたりで元希が一転、照れ笑いをする。

それか！　毬絵さんの『あなたと元希の関係はあらかた知ってる』発言！

会議前夜に会ったときも、私たちのことを心配して、声をかけようとしてくれてたんだ！

うわ〜、未来の社長を私たちの恋愛沙汰に巻き込んだ感、半端ない。

「あー、でも、歌舞伎座で目撃されたって知ったときは焦った。俺と毬絵さんのすぐ後ろには薗田社長夫妻とうちの両親がいたんだよ。そんなの見たら、俺の正体モロバレだろ?」

いや、私のことだから、きっと『親御さん同伴でデートなの⁉』って妙な勘違いすらしていたと思う。

ど鈍いもんね、私。

「えー、そんなわけで、俺はアヤに素性がバレないようにいろいろごまかしながら暮らしてました。長らく友達認定しかしてもらえなかったし、何度か本気で下心が爆発しそうになってるし、一度振られてるし、正直自信はありません。この先は同じ会社の同期でもなくなっちゃいます。つーか、一応そこそこの会社の後継者なんで、アヤにも苦労はさせると思います」

元希はいったん言葉を切り、深く息を吸い込んだ。緊張感が伝わってくる。

「それでも、俺と付き合ってくれますか?」

彼がびしっと〝気をつけ〟の姿勢のままで告白した。

なんなんだろう、この愛の告白。

さっきはビキニの話だし、今は直立不動の大暴露大会だよ。

一度は我慢したものの、私はついに吹きだしてしまった。

大真面目で語った元希は、私が肩を震わせているのを見て、想像した反応と違ったと言わんばかりにショックな表情。

ああもう、そんな顔しなくてもいいってば。

私は笑いを止めないまま、思いきり元希の腕の中に飛び込んだ。

そして大声で答える。

「付き合う！」

「本当？　俺、おまえが凝りた御曹司だけどいい？」

微妙に心配そうな元希の声が頭の上から降ってくる。私は彼を見上げ、破顔した。

「元希が御曹司でも、世界一の貧乏人でもいい！　元希が好き！　もう離れない！」

言葉の最後は元希の唇に吸い込まれた。

彼が私にキスをしたからだ。

「えーと、じゃあまた引っ越してきてくれる？　ちなみにあの部屋も伯父のじゃなくて、俺のものだったりするんだけど」

唇を離すと元希が照れたように言う。

おお、あんな部屋まで持っていたとは。さすが御曹司。

私は「うんうん」と頷いた。

「マンスリーマンションの今月分の家賃払っちゃったけど、すぐにでも元希の部屋に戻る。ううん、もう離れ離れは嫌なので一緒に住まわせてください」

「今度の同居は、清く正しい同期の距離じゃないけど、いい？」

今にもキスできそうな近さでささやく元希は、完全に肉食系男子の表情をしていた。受けて立つとばかりに私は答える。

「いいよ。エッチでただれた同棲生活でもいいよ」

「いや、そこまで言ってないし」

私たちは笑って、もう一度キスをした。

今度は深く深く、二度とほどけないように。

ここは元希の親御さんの会社のお膝元。

たぶん、今日の主役のひとりであっただろう元希が、こんなところで私とキスなんかしていちゃいけないはずだ。いつ関係者が通りかかるか、わからない。

だけど、やっと絡まった視線をもう外したくない。

甘ったるいチョコレートみたいなキスを終わりにしたくない。

困ったなぁ、離れたくない。元希もとても離してくれそうもないし。
……うん、しょうがないか。
ずいぶん元希のことを待たせちゃったみたいだもんなぁ。
私は自分に言い訳して、とびきり甘いキスに没頭するのだった。

エピローグ

私と元希の手には、ポリ袋とエコバッグに入った買い物の荷物。

中身はいつもの牛乳とパンに、野菜や肉、洗剤なんかも入っている。

週末は買い物に行くのが面倒だから、と張りきって買いすぎた感はある。

「もうちょっとだ。頑張れ、アヤ」

元希が私を励ます。

確かに、もう少しで私たちが暮らすマンションだけどさ。

重いんだよ～。じゃがいもにニンジンにたまねぎっていう定番カレーセットは！

ポリ袋が食い込んで指がちぎれ飛びそうだよ！

「あ！　ビール買い忘れた！」

「いや、一本だけ残ってたはずだ！　今日はつつましく半分こにしようじゃないか」

「どっちみち、明日か明後日はまた買い出しだねぇ」

私がついたため息は、めっきり涼しくなった夜空に消える。

日も短くなった。もう少しで十月がやってくる。

元希と付き合い始めて三週間。

この間は本当にいろいろなことがあった。

まず、元希の正体はパーティー出席を機に公のものとなった。

そこからの同期や先輩後輩による、元希つるし上げ飲み会が壮絶だったことは言うまでもない。元希は黙って会社に潜入していたことを詫び、仲間からの手厚い洗礼となるお酌を受けまくった。

潰れかけた元希を努くんと涼子と回収して、部屋に運んだこと五回。

『飲まされる程度で許してもらえるなんて、俺は仲間に恵まれた』

なんて元希サン、カッコいいこと言ってましたけど、ぐでぐでに酔っぱらったあなたに五回中五回とも押し倒された私の身にもなっていただきたいッスね。

そして、元希のアデレードホテル移籍は向こう二年の延期となった。

これは、彼のお父様である藍沢英隆氏の病気が、不摂生から来る生活習慣病だったと判明したためだ。

本人は検査の時点ですっかり弱気になってしまい、元希に『戻ってこい！』と言ったらしいけど、蓋を開けたら血液の数値以外は悪いところはないという結果。

『お酒と暴飲暴食を控えて、総コレステロール値を下げてください』というお医者様のご指導で終わったそうだ。

『まだ薗田エアサポートで学ぶことがある』という元希の嘆願もあり、移籍はしばし先に順延となったのだ。

私はというと、晴れて元希の恋人となった。

あっという間に元希の部屋に出戻り、以前の同居生活のように家事分担をしながら楽しく暮らしている。

変わったことといえば、しょっちゅう彼にキスされたり、押し倒されたりっていうくらい。

スーパー鈍感女が今までたっぷり我慢させてた分、元希の愛情は、なんていうか爆発状態といいますか……。私も彼の求めに応じまくっているわけで……。

会社で顔を合わせると赤面してしまうくらい、元希にいじめられている毎日だ。

「あー、忘れてた。来週の金曜、毬絵さんと安島部長が一緒に飯食おうってさ」

マンションを見上げる位置までやってくると、元希がたった今思い出したというように口を開いた。

「え⁉　緊張するんですけど！」

元希の恋人ということで、私も未来の社長会に交ぜてもらうのは、なんだかすごく身分不相応な感じ。

途端に挙動不審な私を元希が笑った。

「大丈夫だって。別に小難しい話をするわけじゃなくて、ねーちゃん夫婦と飯くらいに思っとけよ」

「まあ、毬絵さんにはお世話になってるし、断らないけどさー」

元希は私と暮らす前から、毬絵さんに恋愛相談をしていたらしい。実際は、元希の気持ちに毬絵さんが気づいちゃったみたいなんだけど。

そんな彼がお世話になったお姉様の誘いを無碍にはできないじゃない。

「あとさ、今週末、どっちみち買い物に出るなら家具を見に行かねぇ？」

マンションのエントランスに入り、エレベーターの上昇ボタンを押すと、元希が提案してくる。家具なんてなにがいるのやら。

「いいよ。私ももう一個プラスチックのタンスが欲しいなあって思ってた。でも、元希はなに買うの？」

「ダブルベッド」

彼がさらっと答えた。

ダブルベッドって！　最初の買い出しのとき、全力で拒否ったやつじゃん！

「仮想夫婦にはいらなくても、未来の夫婦にはいると思わないか？　今、アヤは俺のベッドの横に布団敷いてるけど、もうちょっと寒くなったら、床に直は冷えるぞ」

「え～、でもあの布団に愛着あるしなぁ～」

否定的に答えてみる私。

だって、ダブルベッドなんかに寝たら、それこそ毎晩イチャイチャになっちゃうよ！　体力もたないよ！

「アヤがなに考えてるか、わかるな～」

元希が意地悪く笑う。

うぐぅ、私の恥ずかしい想像、バレてるみたい。

「いや、本当にあの布団、大事なのよ？　心細い日々を支えてくれた戦友としてね？」

「昼寝布団として、たまに使え」

十五階に到着すると、元希は鍵を取りだして重い荷物を抱え直す。

「明日はダブルベッド購入な。はい決定」

「ちょっと、私まだOKしてないんですけど」

彼がさっさと鍵を開け、荷物を玄関先にどさりと置く。私はあとを追って中に入ると、横に自分の荷物を置いた。

はー、指が取れちゃうかと思った〜。

よっこらしょと身体を起こすと、目の前に元希の顔があった。

ちょっ……近い、近い。

「俺と一緒に寝るのは嫌？」

「嫌じゃない……でも」

「エッチのとき、楽だと思うんだよな。広いほうが」

「だから、そういう話じゃなくて……」

元希がいきなり私を抱き上げた。

まるで足が汚れた子どもを、床に下ろさずお風呂場まで運んじゃえ、といったシチュエーション。

私の両脇を掴んで軽々と運ぶ。私は空中浮遊状態で叫んだ。

「ぎゃーっ！　なにすんのよっ！　離せ離せーっ！」

「比較検討しよう。これから俺のシングルベッドでしてみて、狭さを確認してもらってだな」

「夕食！　カレー！」

「カレーより、アヤを食べることにした」

「私はお腹空いてるんだってば！」

騒いで怒ってみたものの、結局、私は寝室に連れ込まれてしまった。

意地悪な同期様との同居生活は、やっぱり清く正しくとはいかないみたいだ。

番外編

金村涼子のひとりごと

私って、無駄なお節介ばかり焼いてる気がする……。

「ひどいですよね！　こんなのあんまりです！」

私、金村涼子の前で手酌で日本酒を注ぎ、泣きじゃくっているのは、経理部の後輩の渡辺舞花《まいか》。

横では同じく後輩の山口リエが、困った顔でその背中を撫でている。

「うーん」

私は何度目かのやり取りに、唸るしか返答ができなくなっていた。

えー、現在私は、〝青海元希と古町文がくっついたことに対する不満検討会〟に参加させられています。

つまりは、青海に恋してた渡辺の怒りの愚痴大会なんだけどね。

「いつの間にか『付き合ってます』になっちゃってて！　青海さんも古町さんも全然そんな気配なかったのにー！」

「仕方ないよ。恋が成就する過程はいろいろあるし。そこに巻き込まれた渡辺ちゃんはかわいそうかもしんないけど」

これに似た返しを何度かしている。女三人の飲み会は開始からすでに二時間近くが経過していて、最初っから酔う気満々で来ている渡辺の愚痴はノンストップだ。

「せっかく青海さんと近づけたと思ったのに、横から古町さんに取られちゃったんですよ？　ひどすぎます！　古町さん、きっと青海さんがアデレードホテルの御曹司だって知って、慌てて告白したんですよ！」

「あのさぁ、文はなんにも知らなかったよ。青海に好きだって言われて困惑してたのは確かだけど、ちゃんと自分の気持ちに気づいたから告白したの。御曹司だから惜しくなったんじゃないの」

「そんなの、あとでなんとでも言えるじゃないですかぁ‼」

渡辺は吠《ほ》えるように訴えて、また突っ伏して泣きだした。タチの悪い絡み酒だ。でも、後輩が私の同期を逆恨みするのを見逃すわけにはいかない。

「だいたい、金村さんはどっちの味方だったんですか？　私が青海さんのこと好きだって知ってたんですよね」

渡辺は顔を真っ赤にして、私まで仇《かたき》のように睨む。

味方かぁ。文の味方だったんだよなぁ、最初から最後まで。だから余計な口出しもしちゃったんだし。

「舞花、そんなこと言っても金村さんも困るよ。ほら、これ飲んで」

今回はなだめ役に徹している山口が、渡辺を落ち着かせようと水を勧めた。

「だって、私は告白する機会すらなかったんだよ？　プールと飲み会で楽しく話せて、これからどんどん距離を縮めていこうって思ってた矢先に……。本当、古町さん最低！　一緒にプールに行ったとき、絶対私の気持ちに気づいてたはずなのに」

私も気が長いほうじゃない。最初は、私が後輩のガス抜きになるならと付き合ってきたけど、長時間の堂々巡りに、そろそろ限界。

「あんたさぁ、片想いなんてヨーイドンでしょ？　みんな一律同じスタートなの。全員が一位になりたいのに遠慮するやつぁいないね」

それに、文はそんなに悪いことをしていない。

私は少し口調を変えて、きつめに言う。

「渡辺の説だと、自分は後出しだったからダメで、先に告白したから文が青海をゲットしたみたいに聞こえるけど、順序が逆でも青海が選ぶのは文だよ。入社したての頃から文を好きだったんだから。まわりの私たちが気づいちゃうくらい」

「そんなのわかりませんよ！　私が先に告白していれば、青海さんの心も動いたかもしれません。悪いですけど、私は古町さんよりは顔もスタイルもいいって自負がありますし」

渡辺は普段からこんな傲慢《ごうまん》な女じゃない。後輩としては細々としたことに気がつくいい子だ。

ただ、今は失恋で目が曇ってる。

「自惚《うぬぼ》れてんじゃないわよ。あんた、プールのとき気づかなかったの？　青海はずーっと文のことを目で追ってたわよ。あんたが隣にいるときもね」

「そんなの嘘です！　金村さんは古町さんの味方だから、そんなことを言うんでしょう？」

泣きながら日本酒をガブ飲みする渡辺。

あーあ、今言っても心に響くかわかんない。

でも、青海にきちんと告白して振られるっていうプロセスを得られなかったこの子は、恋心を恨みに転換しちゃってるんだ。どこかで断ちきってやらなきゃなんないよなぁ。

「両想いのふたりに割り込んでんのは渡辺。もう、いい加減にしな」

「ムカつく‼」

怒鳴った渡辺が、がばっと身体を起こした。そして、バンッ！とすごい音をたててテーブルを叩く。居酒屋の店内にもそれは響き渡り、周囲の視線が痛い。

っつうか、なに？　やる気か、このヤロー。

酔って調子に乗る後輩に、軽〜く昔の血が騒ぎかける。でも、私が制裁を下す前に、横の山口が立ち上がった。

いきなり、さっき勧めていた水を渡辺の頭からぶっかけたのだ。

これには私も、当の渡辺も固まった。

グラスには三分の一くらいの水が残っていた。それが全部渡辺の頭に注がれたわけで、水滴が髪からポタポタとテーブルや座席に落ちる。

「舞花、私も金村さんと同意見。あのプールのとき、古町さんも何度となく青海さんを見てた。舞花と並んでるのを苦しそうに見つめてた。あのふたりの仲は裂けないよ。ここであんたがキレるのはお門違い。金村さんに失礼。そんなに悔しいなら、今からでも青海さんにちゃんと告白すればいいじゃん」

山口の静かな言葉に気力を奪われたかのように、渡辺がどさりと席にお尻をつく。放心状態だ。

自分でやっておいて、山口は肩までびしょびしょの渡辺をタオルハンカチでグイグイと拭っている。

「金村さん、すみませんでした。渡辺は私が連れて帰りますので」

「うん、わかった」

私は苛立ちを爆発させる機会をなくしたことに、モヤモヤ半分、安堵半分。

でも山口がぼんやりしたままの渡辺をタクシーに乗せるのを見送りながら、やはりこれでよかったのだと思う。

私がお節介に説教するより、山口が話を聞いたほうがいいに決まってる。

恨みを抱えたまんまじゃ、渡辺も次の恋ができない。

新橋駅に向かって歩きながら、スマホにメッセージが入っていることに気づく。二分前、努くんからだ。

【今、会社。これから帰る】

努くんは今日、同期だけの営業研修で大阪出張だった。

遅くなると聞いていたから私も後輩の愚痴に付き合ってたんだけど、なんだ、思ったより早いじゃん。

【私もまだ新橋。一緒に帰ろ】

努くんからすぐにＯＫのスタンプが返ってきた。

モヤモヤした気持ちが少し明るくなるのを感じる。

ゆりかもめの下の通路で待ち合わせると、努くんと一緒に青海が現れた。

「よ、金村嫁。今日は旦那を待ってたのか？」

青海がヘラヘラと聞いてくる。

こいつがアデレードホテルの御曹司だったと知ったのは最近だけど、いまだに信じられない。あまりに〝らしく〟なさすぎて。

「ちょっとヤボ用よ。偶然帰りが一緒になったの」

あんたのせいでね。

いや、正確には青海のせいではない。

文のせいでも、渡辺のせいでもない。

恋愛なんてそんなもんだ。誰にも止められない流れというものは存在する。

もちろん、浮気や不倫にまでその論理を適応する気はないけど。

「そうだ、おまえらうちに寄ってけよ。今日はアヤがシチュー作るって言ってた。たぶん大量に作ってるから、ふたりとも食べてけばいいじゃん」

青海が名案とでもいうように話す。

はいはい、付き合いたてのバカップルっぽいですねー。彼女の手料理を食べてけよ発言。

なーんか毒々しい気分が抜けない私は、青海に当たり障りのない断りの文句を選ぼうと考える。すると、横から努くんが言った。

「いや、帰る。涼子が作った煮物、今夜中に片づけないと悪くなる」

努くんはたぶん、どっちでもよかったんだと思う。

だけど、私の気配を察して断ってくれた。努くんは気遣いの達人だ。

「なんだ、そっかー」

「また誘ってくれ。古町の飯、食ってみたいしな」

青海と別れ、私たちは地下鉄の新橋駅へ。

努くんは混んだ車内であまり喋らない。疲れているというより、元々無口なのだ。

硬派で落ち着いていて、私と結婚すると決まったとき、社内の多くの人たちが『なぜ?』と言った。あの文ですら、不思議がっていた。

私、チャラチャラして見えるもんなぁ。

でも、入社してすぐに努くんに恋したのは私だ。

『新人のうちは恋愛にうつつを抜かす気はない』と言い張る努くんを、八ヵ月かけて口説いたのは私のほうなのだ。

最寄り駅に到着する。家まで徒歩七分の道は、どちらともなく手を繋いで歩いた。

「後輩の愚痴、聞けた？」

努くんが不意に口を開く。

「うん。だいぶ渡辺が荒れてた。今日、渡辺たちと飲むことは言ってあった。山口が連れて帰ってくれた」

「そっか、お疲れ」

「みんなが幸せになるなんて無理なのは知ってるけどさー」

なんだかものすごい疲労を感じる。無力感というか……。

私、友達の一大事になにができたんだろう。後輩ひとりもなだめらんないし。

私がポツリとこぼした言葉を、努くんが拾い上げて答える。

「そう。だから、涼子はあまり気遣いしなくていい」

私は驚いて顔を上げた。

「気ぃ遣ってばっかりなのは、努くんじゃない」

私みたいな面倒な奥さんにも、恋が実ったばかりの御曹司にも。

会社でだって、輸入や仕入れを手がける海外営業部に在籍している。いつだって、先輩たちに囲まれて気遣いのできる後輩役を頑張ってるじゃない。

努くんは首を横に振った。

「俺は意識してやってないからいいんだ。涼子は元々短気だし、他人に感情移入するお人よしだからな。青海と古町の関係が込み入ってきたあたりから、涼子はひとりでバタバタしてただろう。おまえが奮闘してやることはない」

そんなことを言われると、しゅんとしてしまう。ああ、やっぱり私って空まわってたんだなあって。

「お節介だったよねぇ」

肩を落とした私の髪を、努くんが梳いた。

「変な意味に取るなよ。涼子がパワーを使わなくても、遅かれ早かれ、青海と古町は付き合ってた。それを心配しまくって、失恋した後輩まで面倒見てやるなんて頑張りすぎ。そんなにキャパシティあるほうじゃないんだから、無理するな」

努くんの言葉は否定じゃない。ただの私への心配だ。

彼はぶっきらぼうだけど、ものすごく思いやり深い。

「努くん」

「なに?」

「久しぶりにたくさん喋ったね」

努くんがムッとしたような、困ったような顔になる。

本当、無口な彼にしてはいろいろ喋ってくれたなぁ。それだけ私に言っておきたいことだったんだろうけど。

「ありがとう。努くんのお嫁さんになってよかった。私、幸せ者」

「そうか」

努くんはいつもの調子に戻ってしまった。そこは『俺も幸せだよ』とか返してほしかったんですけど。うん、絶対、そんな返しはしてくれないってわかってますけど。

私は信頼と感謝を込めて、ぎゅうっと指を絡めた。努くんが握り返してくれる。

努くんと付き合って半年経った頃、私の祖母が亡くなった。

両親の離婚で母のいない私にとって、祖母は母親代わりだった。高校のとき、道を踏み外しかけた私を見捨てないでいてくれたのも祖母だった。

喪が明けてもなにもする気が起きず、仕事を辞めようと思っていた私に努くんは言った。

『涼子、俺と結婚しよう』

新入社員だから、と付き合いを断っていた努くんの言葉とは思えなかった。

結婚なんて、『一人前になるまでは』とか理由をつけて、三十代半ばまではしないと思っていた。まさか入社二年目でプロポーズしてくれるとは……。

それが努くんの精いっぱいの愛情表現なのだとわかった。

口数が少なく、いつも楽しいのか楽しくないのかわからない努くん。私とだって、無理して付き合っているのかと思っていた。

私は努くんのプロポーズで救われた。一生分の幸福をもらった。

私がお節介なのは、きっと余裕があるからだ。

努くんの惜しみない愛をもらってるから。

じゃあ、これから先も一生お節介のままじゃない。

あー、気をつけないといけないぞ、これは。

恋を叶《かな》えた青海も、恋に気づいた文も、これから変わっていくのかな。

でも、ここからは今度こそふたりに任せよう。

「涼子」

努くんが私を呼んだ。見上げると、彼が夜空を仰いだまま言った。

「早く、帰ろう」

私は「うん」と頷き、努くんと繋いだ手を前後にぶんぶん振った。

この気持ちの正体は

両手を合わせて『いただきます』。

そんなことをする子、久しぶりに見た。


四月、春爛漫《らんまん》の陽気が続く中、入社式が執り行われたのは昨日。

俺、青海元希は正式に薗田エアサポートの社員となった。

いずれは父親の経営するアデレードホテルに戻ることになっている。親の意向もあり、勉強も兼ねてこの会社の新入社員として潜入してるわけなんだけど。

薗田エアサポートは両親と懇意な薗田社長の会社で、同じく帝国航空のグループ企業だ。

まー、薗田家不肖の息子・大士朗の面倒を中学から見させられてきたし、親父が指定するのがこの会社であろうことはわかっていた。

どうせ、ここでも俺は大士朗のお守《も》り役。

仕事の面倒は見てもいいけど、もうプライベートまで世話はしないからな。いい加減に自立して、騒ぎは起こさないでくれ、大士朗。

本日は研修二日目。昼休みのことだ。

俺は外で弁当を調達し、本社に戻ろうとしていた。

配属前の一ヵ月は、本社やら営業所やらで新人研修が行われる。今はその期間の真っ最中。

薗田エアサポートは株式総額的には中企業に分類される。羽振りがよかった頃の大量採用で上がダブついている分、今年の新卒採用数も多いとはいえず、俺の同期は全員で二十五名しかいない。

何年世話になるかわからないけれど、同期とは特に良好な関係を築きたい。ここで『同じ釜の飯を食った』連中が、将来的に帝国航空グループを支えていくんだから。

俺はそんな目論見《もくろみ》もあり、初日の昨夜は早速、飲み会を企画した。

だいぶ親交は深められたんじゃないかな。

今、俺の視界には同期の女子が映っている。

ビルの間の憩《いこ》いのスペース。ベンチにひとり腰かけ、弁当を膝に乗せて包みを開けている。

あ、やっぱり同じ班の子だ。

班が決まったのは昨日だし、まだなんの班活動もしていないんだけどな。

確か古町　文とかいう名前だったはず。

そうだ、昨夜の飲み会で近くにいた。話が少し聞こえた。

直接は話さなかったな、たぶん。

その古町が手作りの弁当を前に、両手を合わせて『いただきます』をしているのだ。神妙な顔で。

うわ、久々に見た、その仕草。

なんか新鮮だけど、変な子に見えてしまう。

つーか、新人研修二日目にして、こんなところでひとりごはんですか。女子の集団に馴染めないタイプなのかな。ひとりが好きとか？

いや、この子、普通に女子と喋ってたぞ。研修の合間も、ゆうべの飲み会も楽しそうに。

あ、もしかして午前中の件でヘコんでるのかな。それでひとりになりたかったとか。

俺の頭には、さっきの研修での些細《ささい》な事件がよぎる。

古町　文を十メートルほど離れたところで見ていたのだけど、ふとしたきっかけで彼女が顔を上げた。

ぱっちりと目が合ってしまう。

「青海くん」

古町が呟くのが、唇のかたちでわかった。

「古町さん、隣いい？」

俺はなんとなくそう言わなければいけないような気持ちになり、引きつった笑顔で声を張った。

じろじろ眺めてたなんて、気まずいもんな。


「俺は気にするほどのことじゃないと思うけど」

弁当を膝に乗せ、俺は古町の隣に座って昼食をスタートさせた。

古町の弁当はおいしそうな手作り。お母さんが作ってくれたのかな。

俺のはすぐそこで買ってきた唐揚げ弁当、ライス大盛り。

古町が、はあっと大きくため息をつく。

「だって、社長の名前を言い間違えるなんて最悪」

午前中の事件が、やはり古町をヘコませていたらしい。

古町は渡された社内資料を朗読させられていた。ちょうど薗田社長が研修を覗きに来たタイミングで、彼女は豪快に社長の名前を読み間違えたのだ。

総務の研修担当課長に慌てて訂正され、真っ赤な顔で『スミマセン！』を連呼していた古町が思い出される。

「確かに、それでよく内定もらえたよなーって感じだけど」

俺がちょっと意地悪に言ってみると、古町の目が悲しげに歪む。

持ち上げていた卵焼きが弁当箱に戻され、小さな口がへの字になる。

わけもわからず胸がドクンと鳴った。

え？　今のなに？

ってか、ヤバい。こいつ泣きそう。同期と仲よくしとこうなんて言いながら、つっついていじめてどうする。

「いやいや、大丈夫だろ。つーか、読み間違いなんてよくあるよ」

慌ててフォロー。しかし、社長の名前を本人の前で言い間違えるということは少なく、俺の無茶な励ましにますます古町はしょげた顔になる。

俺はそんな古町を、ついまじまじと観察してしまう。

伏せられたまつげが長い。

値踏みするわけじゃないけど、身長やスタイルは人並みって感じに見てた。顔も普通よりちょこっと可愛いかなって感じだけど、この困り顔は結構いい。

単純にタイプ？　いや、そういうわけでもないだろ。

ただ、しゅんとした表情に不思議とドキッとしたんだよ。泣かれちゃ困るけど、もう少し見ていたい気分だ。

「失敗とかね、普段はあんまり気にしないほうなんだ。鈍いっていうか、能天気っていうか。でも、今日はみんなの前で社長に失礼なことしちゃって、穴があったら入りたい」

「それで、こんなところでひとり飯？　友達いない子みたいになってるぞ」

リクルートスーツの新入社員がビルの狭間《はざま》でぼっち飯。仲間に馴染めてない感が半端ない。

「う、それもなんか悲しい。でも、ミーティングルームにいたくなかったんだよ」

古町がまた困り顔でため息をつく。

やっぱりこの顔は結構ツボだ。うーん、もう少しなにかないかな。古町の表情に変化がつきそうなこと。

いろいろ試してみたい気持ちになって、俺は思いついたことを口にする。

「古町さんって、名前、アヤでよかったよね。文学の文で」

「え？　うん」

いきなり名前の話に飛んで、古町が驚いて顔を上げた。

俺は彼女を覗き込んで笑いかけた。

「ブンって呼んでいい？」

「やだ」

古町があからさまに嫌な表情で即答する。

あ、可愛い。困った顔もいいけど、嫌な顔もなかなかくる。

ひそめられた眉も、上目遣いの茶色い瞳も、無意識に尖っているだろう唇も。

「ブンって響きが可愛いだろ？　俺のことも元希って呼んでいいから」

さりげなく、距離を縮める算段をつける。

しかし、古町は予想外の返答。

「青海くんって『元希』って名前だったんだね。イメージと違う」

「そう？　俺のイメージだとどんな名前？」

「騎士って書いて、ナイトとか？　飛ぶ華の流れで、ヒカルとか」

「キラキラネームか‼」

俺にどんなイメージ持ってんだよ。

つい、勢いよく突っ込みを入れてしまう。

「あはは。派手な名前が似合いそうってこと。青海くん、カッコいいんだもん。あ、でも『元希』とは呼ばないので、私も『ブン』はやめてください」

『カッコいい』という部分はありがたくいただいておくとして、あだ名もこっちの名前呼びもあっさり拒否されてしまった。

俺の名前は呼んでくれないってか？　よかろう、だが俺はめげないぞ。

「いいじゃん。俺しか呼ばないし、なんか特別に仲よさそうだろ？　はい決定。ブンちゃーん。ブンー」

「ちょっとやめてー。なんかそれ恥ずかしい！　子猫でも呼んでるみたい」

古町、いや、ブンが困り顔で首を左右に振るので、それがいっそう楽しい。

たぶん、コテかなんかでストレートに落ち着けているだろうミディアムの髪がさらさら揺れる。

唇がうーっと横に引かれているのが、また可愛い。

あー、久々のいじめたい欲求。

この子が困った顔をするのをもっと見たい。

今まで恋愛してこなかったわけじゃない。

だけど、俺の近くには大士朗という悪い見本がいて、あいつの不祥事の始末をつけているうちに、どこか女に疲れている自分がいた。

女って、面倒。期待されて、期待して、っていう関係性は苦しい。

だから、この小学生みたいな『可愛い子をいじめたい』っつう欲求を感じたのは久しぶり。

女子に覚えた久しぶりの欲求だ。古町 文を困らせたい。

……なんて、俺はバカですか。ええ、バカですよ。

「そういやさ、昨日の飲み会で小耳に挟んだんだけど、ブンはしばらく恋愛しないのか？」

「ううっ！　聞こえてたの？　恥ずかしい」

ブンが箸を持ったまま、右頬に手を当てる。

俺のこの興味関心はおそらく恋じゃないだろうけど、そのあたりは確認しといてもいいと思う。万が一ってことがあるからな。

「ちょっと失恋したてで。新しい恋愛は当分無理かなあって」

「ふうん、じゃあ俺と恋愛してみる？　嫌な思い出、なくなるかもよ」

つい、ノリで言葉にしてしまった。

言ってから焦る。

おいおい。俺、なに言ってんの。

さすがにドン引かれるだろ。昨日同じ班になったばっかの男に口説かれたらさ。

ブンを困らせるつもりが、俺が困ってどうするんだよ！

「青海くんて、そういう系？　顔もカッコいいし、女の子に困らなかったでしょ。発言チャラいよ」

案の定、ブンは顔をしかめている。そのしかめっ面がまた、結構ポイントが高いのは置いておいて、ブンは俺の言葉に動揺しているみたいだ。ウインナーをうまく箸で掴めずにいる。

俺は慌てて訂正しておく。

「冗談、冗談。ちなみに俺、女の子に不自由しまくってるタイプなんで、本気でそんなこと言えません」

「嘘だー。顔も声もカッコいいもん。モテないなんて嘘だー」

「本当ですー」

ブンはふうっとあきれたようにため息をついて、再び弁当を食べ始めた。

困った顔も嫌な顔も存分に見られたけど、まだ足りない。

うーん、潜入社員生活に楽しい同期ができてしまった。研修の一ヵ月間は退屈だと思っていたけど、ブンを構い倒しているうちに終わりそうだ。

「青海くん、よければなんだけど」

不意に、横でブンが口を開いた。

見れば、彼女は小さなタッパーに入ったいちごを差しだしている。

「食べない？」

「え？　いいの？」

「うん。ひとりでここに座ってみたものの、実は後悔してたの。会社の人たちに見られたら恥ずかしいなあって。寂しいランチタイムにならなかったのは青海くんのおかげだから」

俺はいちごをひとつつまみ、口に放り込む。

「うん、甘い。いちご好きなんだ。サンキュ」

俺の言葉に、ブンが嬉しそうにふわっと笑った。無防備な子どもみたいな笑顔だ。

それは困った顔とはまた違って、胸にぐっとくるものがある。

えー、ブンさん。俺がいちごをもらったくらいでそんな顔してくれちゃうわけ？

……なんだよ、俺。今日、ちょっとおかしいな。ゆうべ飲みすぎたわけでもないいんだけど。

ブンはいちごのタッパーをしまいながら俺の礼に答える。

「お粗末さまでした。といっても、私が作ったいちごじゃないけど」

「ですよねー。いちご農家で育った感ゼロだもん」

「スーパーで、あとちょっとでジャム用にされそうな激安いちごを買ったの。お口に合ったようで光栄ですわ」

ニコニコ笑うブンは、とびきり美人ではない。全体的に普通感の漂う、どこにでもいそうな女子だ。

だけど、その表情の変化はちょっといい。なんか気になる。

困った顔も、嫌がる顔も、嬉しそうな顔も、もう少し見てみたい。

マイペースを装って、近づいて、彼女の心を乱したい。

そのうち、ブンは俺のことが気になってしょうがなくなったりして……。

春は新しいことが始まる季節。俺の頭も一丁前に浮かれているらしい。

この気持ちの正体はまだ曖昧でいいや。

まずは一ヵ月、彼女と一緒に過ごしてみよう。

これが久しぶりの恋になるのか、ちょっとした好感で終わるのか。

ゆっくり考えよう。

なにせ、古町 文はまだ恋愛する気もないらしいし。同期なら、チャンスはいくらでもあるんだ。

「ブン、午後も研修頑張ろうなー」

「うーん。とりあえず、失敗は目立たないようにする」

「志《こころざし》、低っ！」

……このとき俺は知らなかった。

願ったチャンスが来るのに、二年以上もかかるとは。

シンデレラの花嫁修業

『シンデレラは幸せに暮らしましたとさ』というハッピーエンド後のお話。


「バニラビーンズが違うのよ！」

眼前には目を輝かせる毬絵さんがいる。

私はやや気圧《けお》されながらコクコクと頷き、ふた口目のアイスクリームを頬張る。

こってり濃厚なアイスは、華やかなバニラの香りと上品な甘さがたまらない。

「んん～、神がかっておいしいです」

「よかったぁ、文さんが味のわかる人で。洋司《ようじ》も、大士朗も、元希だって、スイーツの深い世界を理解してくれないんだもん」

毬絵さんはぷりぷりと怒った顔で言いながら、ディンブラの茶葉たっぷりのポットにホットウォータージャグからお湯を注ぎ、私のティーカップに追加してくれる。

ちなみに洋司っていうのは、毬絵さんの婚約者である安島部長のことね。

「毬絵さん、お隣のスコーンも最高なんですが。私、これ十個は食べられそう」

私が言うと、毬絵さんはいっそう顔を輝かせた。

「でしょ？　でしょ？　そうなの、今一番ハマってるの、このスコーン。自由《じゆう》が丘《おか》に本店があるんだけどね、実家の近くに焼き菓子のみの支店ができて～。バニラアイスとの相性も素晴らしいでしょう？　たくさんあるから、お土産《みやげ》で持って帰ってね！」

毬絵さんは子どもみたいにはしゃぎながら、説明する。

でも私は知ってる。

このスコーンは、私とのお茶会のために店に依頼して、本日の早朝に焼いてもらったもの。バニラアイスだって、懇意にしている牧場と提携し、素材にこだわり、手間暇を惜しまず贅沢に作り上げた逸品。

無邪気な子どものようでいて、手段とお金の使い方は大人です、毬絵さん。

しかもこのアイスクリーム、アデレードホテルに納品する予定だとか。抜け目ないですね、次期社長。

「さー、もう少し休憩取ったら、さっきの続きをやるわよ」

毬絵さんがスコーンを手ににっこりと微笑む。私は自分の本日の仕事を思い出し、緊張半分、疲労半分で頷いた。

毎週土曜日、私は毬絵さんと安島部長が暮らす松濤《しょうとう》のマンションに招かれ、毬絵さんによる講義を受けている。

帝王学……というわけじゃないけど、アデレードホテルの後継者である元希の妻にふさわしいように、最低限の知識やマナーは身につけたいと思っているのだ。

『学びたい』と希望したのは私。

『やるやる』と教師役に手を挙げてくれたのが毬絵さん。

帝国航空の成り立ち、グループ企業の役割なんていう初歩的な知識から、各企業の業績や業態の変遷、現在の経営陣の名前と顔を一致させるなんていうコアな知識まで授業してくれる。なんと、ご丁寧にテストもある。

そしてマナーのおさらいという名目で、ほとんど毎週毬絵さんとスイーツかランチを楽しんで帰ってくることになる。

今日はスイーツの日なんだな。

「文さんさえよければ、来週は銀座にしない？　大好きな甘味処《かんみどころ》があるの。磯辺《いそべ》もちとね、お稲荷《いなり》さんと、あと、あんこの入ったゴマのおはぎがおいしくて。お弁当もあって……」

こうしてお近づきになってみるまでわからなかったけれど、毬絵さんは食べることが大好きな人で、おいしいものの情報を聞くといてもたってもいられなくなるらしい。

でも、銀座の甘味処という時点で、マナー講習からは完全にかけ離れている気がするんですが。

「私はいいですけど、お勉強は……」

「する！　するわよ？　きちんと最初にテストする。でもね、ずーっと思ってたの。一緒にあちこちグルメ散策ができる妹が欲しいなあって。元希の奥さんになるなら、私の妹も同然よね？　ね、ね？」

熱心に言い募る毬絵さんに、私は笑顔で頷く。

大士朗とは破局したので、正式に義理の妹にはなれませんが、心の妹くらいにはなれる見込みです。

てか、これは第二の涼子の予感。

同じ種類の〝連れまわしたい欲〟を感じる。

「ね？　来週は銀座にしましょう？　洋司は甘いものがダメだし、大士朗のバカは論外だし、元希はもう文さんのものだから、おいそれと連れだすわけにもいかないわ。だから、文さんと私がふたりで行くのが一番いいのよ！」

ややや天然なのか、毬絵さんはワクワクと言いきる。

断れません。そんなキラキラ輝く笑顔で言われたら。

「はい。行きます」

「わあ、よかった！　……じゃ、それはそれとして、そろそろ続きを始めましょうか」

毬絵さんが凛々《りり》しいモードに戻ったので、私は慌てて残りのスコーンを口に詰め込んだのだった。


お土産に紅茶とスコーンをいただき、毬絵さんの家をあとにしたのは十三時。

毎週、その頃に安島部長がスポーツジムから帰ってくるので、入れ違いにおいとまするのが習慣になっている。

帰り道、私は夕食の買い物を済ませ、元希と暮らすマンションへ向かっていた。

元希と付き合って二ヵ月半。

彼のご両親とはこの前、会食をした。死ぬほど緊張したけれど、藍沢社長夫妻は想像よりずっと気さくな人たちで、私と元希の交際、同棲を認めてくれた。

社内ではもうみんな知っていることだし、毬絵さんなんか完全に花嫁修業を手伝っている気になっているし。

いいんだけど、ちょっとだけ置いてけぼり感。

私、本当に大丈夫かな。

人を好きになることに身分もなにも関係ないとは思っているけど、事実、元希は御曹司で、近い将来アデレードホテルの経営を継ぐ。

このまま結婚の運びとなったら、私は社長夫人になっちゃうんだよね。

思いもかけないシンデレラストーリーに、困惑してしまう。

私でいいのかな。

本当は大士朗みたいに、会社にメリットのある家柄の子女をお嫁さんに迎えるのが正解なんじゃない？

超普通の家庭に育って、たまたま元希の同期だった私でいいんですかい。

こうして、毬絵さんにいろいろ教えてもらうほど、世界の違いを感じて不安になる。

マンションにたどり着き、十五階の私たちの部屋へ。

鍵穴に鍵を突っ込む。私が回す前に鍵が勝手に回り、ドアが開いた。顔を出したのは元希だ。

「おかえり。昼飯、今できるよ」

「あー、ありがとう」

土曜日の午前中に私が毬絵さんの講義を受けて、午後に帰ってくると、たいてい元希はお昼を作ってくれている。

ランチに行く日は事前に断るんだけど、そうでなければ元希特製の遅めの昼食をふたりでとるのがここ最近の定番。

来週は銀座だから、いらないって言わないとなぁ。

靴を脱ぐと、室内はごま油のいい香りに満ちていた。

「今日のお昼はなにー？」

「中華定食！　ネギチャーハンと餃子《ぎょうざ》！」

元希が威張る。

威張っていいくらい、元希の料理は上手だ。いや、最近、前より上達した。本人いわく、私に食べさせることに喜びを見いだしているそうだ。

私のまわりは、私を構ってくれる人ばかりで申し訳ないなぁ。

元希といい、毬絵さんといい、涼子といい……。

テーブルの上にはホカホカのチャーハンと餃子。

餃子も冷凍のものじゃなく手作りだね、これは。

「十時のお茶が、がっつりだったから入るか心配だったけど、この匂いと見た目じゃ食欲を覚えざるをえないね」

「食べよう。そんで、午後は俺のそばにいろよ」

はいはい。午前中は毬絵さんと過ごしてるもんね。

独占欲いっぱいの言葉がなんだか嬉しい。

「いいよ。元希と一緒にいる」

「よし、じゃあ今日も参加させてやろう」

「またゲーム⁉」

私は一転、顔をしかめた。

元希の超インドアなご趣味はテレビゲーム。

でも、私は苦手なんだよねぇ。対戦形式の格闘ゲームをすると、私は恰好のサンドバッグになってしまう。

たくさんの敵を倒しまくる3Dアクションゲームだと、たいてい役立たずでマップの彼方《かなた》に置き去りにされる始末。

「元希、いじめっ子だからなぁ。やだなぁ」

「いいじゃん、ちょっと付き合えよ。そのあとは横で漫画を読むことを許可しよう」

大抵その流れだ。私がゲームにうんざりして離脱すると、隣で元希の蔵書の漫画を読むことになる。ゲームをしていなくても、元希が横にいてほしがるからだ。

「ちょっとだかんね。あとは来週、毬絵さんにテストされちゃうから、その勉強をするよ」

「毬絵さんのテスト、今回はなに？」

「グループ企業全社の名称、創業者、現社長の組み合わせを丸暗記」

元希が苦笑して言った。

「結構ハードだな、おい」

そう、ハードなんだよ。

でも、元希のお嫁さんとして、そのくらいはやっておくのが当然なんだよね。

自分から望んだことだし、苦痛ではないんだけれど、不安という違和感は一度芽生えると、なかなか心から出ていかない。


昼食を食べた私たちは、毬絵さんがくれた紅茶をお供にテレビに向かい、ゲームの態勢になった。

小一時間ほど元希に付き合ってゲームに参加していた私だけど、いい加減飽きました。っていうか、やっぱり下手なんでやめさせてもらった。

元希がゲームをしている横で、毬絵さんにもらった資料と自分で取ったメモを見比べ、来週の特製テストに備えることにした。

「どう、覚えられそう？」

しばらくして、元希が画面を見たまま聞いてきた。

私は頷く。

「うん。大丈夫」

「一応聞くけど、無理してないか？」

元希の言葉にドキリとする。

無理はしてない。してないけれど……。

「私……本当に、元希にふさわしい女性になれるのかなって……たまに思う」

元希がコントローラーを持つ手を止めた。ゆっくりとこちらを見る。

私は元希の左肩にもたれかかっているので、彼から顔は見えないはずだ。

「立派な社長夫人になれるのかな。みんな、それほど期待してるわけじゃないのもわかってる。でも、私が頑張らないと、元希が恥ずかしい思いをする日が来るんじゃないかって」

「アヤ」

元希が優しく私を呼ぶ。

おそるおそる彼のほうに顔を向けると、抱きしめられた。

元希の腕の中は温かい。もう何度も抱き合っているけれど、この温度を感じるたび、途方もなく安心する。

「俺はそのままのアヤでいい。本当は勉強なんかしなくたっていい。アヤが俺の隣にいてくれるだけで、俺は経営者として歩いていける」

元希の手に離すまいと力がこもる。顔を上げて見ると、私を愛《いと》おしそうに見下ろす彼の視線がくすぐったい。

「勉強はしておきたいの。元希の役に立ちたいし。でも、私よりもっとふさわしい女性がいるんじゃないかって……ときどき思う。有名企業の令嬢とか……」

「それ以上言うと、唇噛みきるぞ」

そう告げて、元希が口づけてきた。

強引なキスに、私は唇を薄く開ける。それじゃ足りないと言わんばかりに、元希の唇が深く合わせられる。滑り込んできた舌が歯列をなぞり、背筋が震えた。

「元希……」

逃れるように顔をそむけると、少しだけ怒った声で元希が言った。

「例えば、俺がアデレードホテルの経営に失敗したとしたらどうする？」

失敗って、例え話でも嫌だなぁ。でも……。

「謝るよ。ホテルが潰れて迷惑をかけた人たちに、元希と一緒に謝る」

「……謝るって、おまえ。俺はさー、離婚するかどうかっつう、そっちの話を……」

え？　そうなの？

そういう方向？

でも、私が自分から元希と離れる気がないのは、もう絶対のことなんだけど。

「いいや。俺、おまえのそういうとこが好きなんだよ。きっと、おまえは最後まで俺の味方なんだろうなってわかる。例えばさ、政治家の娘とか銀行頭取の娘とか、いい縁談はたくさんあると思うよ。実際、今まで何度かそういう話もあったし」

「え⁉　元希、縁談あったの⁉」

衝撃の事実に、私は泣きそうになるくらい焦った。

元希が取り成すように答える。

「もう昔の話だし。そうじゃなくてさ、俺はアヤの、のんきで抜けてて、優しいとこに惚れたんだ。俺は自分の選んだ人が振り向いてくれたことのほうが大事なんだよ。その人がそばにいてくれるほうがよっぽど幸せ。勇気が湧いてくる」

元希が私のおでこに唇をつける。

「わかってます？　俺の選んだ人」

「じゃ、いいのかな。私で」

「当然」

不満そうな元希の声。

ああ、やっぱり元希は強い。強くて優しい。

私のちっぽけな悩みなんか一瞬で晴らしてくれた。

私は苦笑いを返す。

「ごめんなさい。割とヘタレてるほうなんで、すぐ心が折れます。今後もたまにあると思いますが、よろしくお願いします」

「たるんどる。たるんどるよ、アヤさん。君には俺のものになったっつう自覚が足りないんではないかね？」

言うなり、元希が私を床に組み敷いた。

ソファじゃなくて床！

背中痛いんですけど！

元希が私の顔の横に両手をつき、見下ろしている。

意地悪そうに瞳を細めて。

「も……元希サン、ゲームのほうは？　途中でやめてますけど」

「うーん、俺の未来の嫁さんが自分の立場を見失ってるようなんで、わからせてあげるほうが先かと思いまして」

元希の唇が柔らかく、私の首に押しつけられた。音をたてながら、私の耳朶や鎖骨を動きまわる。しっとりと熱を帯びた唇から、元希の本気が伝わってくる。

「アヤはもう、一生俺のものなんだよ？　たとえ、おまえがすっげーバカで、ホテルの経営に関わるくらいの失敗をしたとしよう。そんなの、いくらだって俺がフォローする。でも俺から離れるのは許さない」

顔は見えないけれど、低くかすれた声音はすでに準備完了といった様子で、到底逃げられそうもない。

『離れるのは許さない』だなんて、そんな俺様で甘い言葉、どこで覚えたのよ。

「ちょ……元希、待って」

「待たない。何年も待ったし、その間に他の男にかっさらわれてるし。もう、絶対、待たない」

元希は子どものように言いきって、私の唇を奪った。

先ほどの強引なキスより、もっと激しくて濃密なキス。

震えるほど艶やかなキスを交わしながら、抜け目ない元希の手が私のニットを乱す。

オフショルダーなんか着てるもんだから、すぐに肩がニットからはみだしてしまった。

その肩に、彼が噛みついた。

「やっ……！　痛いよ、元希」

「俺のものって印つけとかなきゃ」

甘噛みなんてもんじゃない。しっかり歯型がつくまで私の左肩を味わうと、元希が顔を上げた。

ぺろりと舌舐めずりした顔がものすごくセクシーで、否応なく胸が高鳴る。

ああ、まずい。もうすっかり、私の気持ちも持っていかれてるじゃない。

このまま、元希に乱されたい。

めちゃくちゃに抱き合いたい。

「アヤのそういう困り顔、大好き」

「やめて……意地悪なこと言うの」

「俺がおまえの困り顔に興奮するって、知っててやってんの？　だとしたら、ものすごい策士だな。大成功だよ」

元希こそ、知っててやってるでしょ。

私があんたの声で意地悪を言われると、溶けてしまいそうになるって。

元希の手がニットの裾から侵入してくる。胸の丘を這いのぼってくる手に観念して、自ら彼の首に腕を回した。

唇同士を重ねると、とっておきの秘密みたいにささやく。

「元希、好き」

「俺のほうがたぶん好きだよ」

「いやいや、私のほうが」

このやり取りも数秒後には終わるだろう。

私も元希も会話どころじゃなくなっちゃうから。

シンデレラにはなれないものだと、決めつけてきた。

何度も恋に失敗した私には、そんなものはおとぎ話か、女性の夢物語にしか思えなかった。

元希が王子様に見えるかっていうと、まだあんまり実感はないけれど、どうやら私はひとりのシンデレラになってしまったみたいだ。

王子様に見初められた一般人。王子様への愛だけが持ち物。

まだまだ私の花嫁修業は続く。きっとシンデレラだって修業したんだと思う。

大好きな王子様のために、自分にできることはみんなやったんだろう。

『ガラスの靴がぴったりです！　あなたが王子様の想い人！』……そんなのはスタートでしかない。

王子様と心を並べるために、シンデレラは努力したはず。

私も王子様に見合う一人前のシンデレラを目指すよ。不安でも、自信がなくても、世界で一番元希のことが好きだから。

甘ったるい息を吐きながら、私は元希のこめかみに誓いのキスをした。

特別書き下ろし番外編

目覚めるは王子のキスで

私は小さな円形のテーブルに並べられた資料を見つめ、かすかに吐息を漏らした。

それは、感嘆のため息に聞こえただろう。現に目の前のベテラン女性ウエディングプランナーは、「うんうん」と満足そうに頷いた。

「新婦様が感激されるのも無理はありませんわ」

「かっ、感激……。あははっ、そうですね」

私はどもってから、ごまかすような空笑いをしてしまう。

ここはアデレードホテルのウエディングサロン。

私と元希は本日このサロンで、八ヵ月後に執り行われる私たちの結婚式の打ち合わせをしていた。今日が第一回目だ。

プランナーの女性は私の横に座る元希に視線を移し、話を再開させる。

「では、招待されるお客様は七百五十名、会場は一番大きな鳳《おおとり》の間でよろしいですね」

「はい。お願いします」

元希はなんでもないことのように、さらっと答える。

「次期社長の結婚式ですものね。最大規模で行われるべきですわ」

プランナーさんが言い、元希はやはり当然のように頷いた。

「招待客については、両親や薗田エアサポートの社長ご夫妻にも伺わなければなりませんので確定ではないですよ。でも、概ねそのくらいの人数になる予定です」

七百五十名……私はその規模に圧倒された。

都内の一般的な結婚式の招待客は、五十名から多くても百名くらいじゃないでしょうか……。七百五十名って……芸能人だってそんなに呼ばないでしょ。

プランナーさんが提案を追加する。

「招待される方をお決めになる際に、どの方にご挨拶をいただくかと、乾杯のご発声をいただくかも考えていただけるとスムーズです」

「なるほど。スピーチはざっと七、八名には依頼しなければなりませんので、そのあたりの時間配分も考えなくてはいけませんね」

元希が相槌《あいづち》を打ち、少し考えるふうに、曲げた人差し指を下唇にあてがう。
七、八名？　そんなにあちこちのお偉いさんがスピーチすんの？
普通の式だったら、上司と、友人ポジションの人がひとりずつって感じだよね。

きっとスピーチしてくれる人のほとんどは、私の知らない人だろう。

「お時間は通常のお式の倍、取ってありますので、ご安心くださいませ。また、席次は次回の打ち合わせで間に合います。今日は大まかな全体像を決めていきましょう」

プランナーさんは用意した資料を一枚手に取る。

「ウエディングケーキは、昨年パリのコンクールで優勝されましたパティシエの澤村《さわむら》氏がご協力くださるそうです。新婦様、なにかご要望がございましたらお願いいたします」

「ご要望っていうのは……？」

私が遠慮がちに問うと、プランナーさんは、ぱあっと表情を明るくし、勢いよく話しだす。

「ええ、それはもうなんでも思いのままです。マカロンで作るタワーですとか、すべての段をミルフィーユで、なんていうのも女性のお客様には喜ばれますわ。全体のデザインもピンクやブルーで統一したり、ハートなどの形状や高さ、横幅の変更もご希望のままです」

滔々《とうとう》と語られるウエディングケーキの提案。

なんだろ、全然頭に入ってこないんですけど。

「澤村氏が製作された最大のウエディングケーキは十段重ねのもので、真っ白にチョコレートコーティングされた作品です。イメージは天使で、こちらのお写真のものですわ。素敵でございましょう。ぜひ新婦様も溢れるイメージをお伝えくださいませ」

溢れるイメージって、そんなのないよ。

有名パティシエが私の思うままにウエディングケーキを作ってくれちゃうんだ。こういうのって、喜ぶべきなんだろうけど……。

「あは……次回までに考えておきます」

精いっぱい笑って答えてみるけれど、引きつってなかったかな、私の顔。

「ええ、お願いいたします。次におふたりの婚礼衣装ですが、世界的なデザイナーのジャニス・ウエスティン様がぜひデザインさせていただきたいとおっしゃっておられますのよ」

元希が横で頷く。

「彼女はアデレードホテルの上客ですからね。来日のたび、必ずうちを使ってくれる」

なに、その普通な反応。私はまたしても聞いたことのある有名人の名前に、おののくばかりなんですけど。

「デザイン画はすでにいくつかいただいてあります。製作期間も考えますと、こちらは早めにお選びいただいたほうがいいですね」

「アヤ、これなんかどう？　シンプルで上品で、どっかの国の王妃様っぽくない？」

元希がのんきに一枚のデザイン画を放ってよこしたけれど、私はそれを見る前に答える。

「今すぐには決められないから、帰って考えようかなぁ。いい？」

普通、ウエディングドレスって試着してから決めるよね。そりゃ、有名デザイナーにデザインしてもらえるなんて滅多にないことだけど、私としてはあっちがいいとかこっちがいいとか元希と相談しながら決めるものだと思っていた。

私の戸惑いをよそに、プランナーさんはニコニコと言う。

「楽しいことはゆっくり決めたいですわよねぇ。ティアラはハプスブルク家に伝わる由緒あるものをお借りいたしましたので、ご安心ください。その他のお小物は、足りないものだけあとで決めまして、ヘアアレンジやブーケもお衣装次第にいたしましょうか」

「はぁ」

私は気の抜けたような相槌を打ってしまう。

「……そうそう、ブーケといいましたら、こちらも高名な華道家の榊元《さかきもと》様が、ブーケも会場のお花もすべてご相談いただきたいとのことで――」

次々に出てくるトンデモ提案に、私はまたひとりため息をついた。

ハプスブルク家ってなによ。いえ、知ってますよ。でも、私とハプスブルク家がまったくもって結びつきませんが。

今さらにして思う。御曹司の元希、庶民の私。

元希と私の結婚って格差婚なんだなぁ。

私の感覚では全然理解できない。

最初の打ち合わせを終える頃には、心身ともにくたびれてしまった。


タクシーでマンションに帰り着く。

身体、重いなぁ。なんだろ、打ち合わせだけでこんなにクタクタで、本番の結婚式なんてどうなっちゃうんだろう。

「アヤ？」

元希に気遣わしげな声で呼ばれ、私はぴらぴらと手を振る。

「ごめん。お風呂、先にいただいちゃうね」

お風呂場でお湯がたまるのを眺めつつ、服を脱ぐ。つい、ぼんやりしてしまう。

元希と付き合い始めて、二年近くが経った。来春、彼はアデレードホテルに戻り、めでたいことに私との結婚も本格的な話になった。

先日、元希はうちの両親と妹に挨拶に来てくれたし、私も改めて彼のご両親である藍沢社長夫妻に挨拶をした。みんなが私たちの結婚を喜び、祝福してくれている。結納は今冬に決まっている。

はあ。それなのになんだろう、このついていけない感。

これまでの二年間、元希の役に立とうとグループ企業やアデレードホテルのことをたくさん勉強してきた。元希に恥ずかしくないように、仕事も人一倍頑張ってきた。

自分に自信がないわけじゃない。でも、こうして違う世界をまざまざと見せつけられると、私がいかにただの庶民であるかがよくわかる。

未来の社長夫人なんて、やっぱり無理があるのかなぁ……。

「アヤ」

名前を呼ばれ、ドキッと肩を揺らしてしまう。振り向くと、お風呂場の曇りガラスの向こうに元希のシルエット。

「入ってもいいか？　……っていうか入るぞ」

「えええ⁉」

遠慮なくドアが開き、私はほとんどお湯がたまった湯船に飛び込んだ。

元希が普通にお風呂に入る体で、お風呂場に侵入してくる。

「ちょっと！　私、入ってるんですけど」

「いいじゃん、たまに入るだろ。一緒に」

元希は平然と言い、シャワーで身体を流している。確かにたまに入るけれど、それはエッチのあとなんかにふたりで身体を流すとかで、『今日は一緒に入浴だ！』的な約束で入ったことはない。

元希が湯船に入ってくる。私は端に寄ってスペースを作った。しかしすぐに後ろから抱きしめられてしまった。私の身体の横に元希の膝。背中は彼の胸や腹に密着している。

「なーんか不機嫌じゃない？」

耳元で言われ、私は首を横に振った。

「そんなことない」

「怒ってるみたいに見えたからさ」

声が身体の奥に響いてゾクゾクする。

元希の声は大好き。この声で意地悪を言われると、それだけで達してしまいそうになる。お風呂場で聞くと妙に響いて、余計に心が騒ぐ。

不意に、元希の唇が私の背中に降ってきた。

「アヤ、好き」

ちゅ、ちゅと音をたて、唇が耳やうなじに移動する。

大きな右手が私の右の胸を包む。先端を手のひらでこねられ、びくんびくんと身体が震えた。

「ちょっと……元希」

元希はすっかりその気のようだ。

待ってほしい。私はたった今まで、結婚式に対する戸惑いでため息つきまくりだったんだから。そんなに急に切り替えられない。

「右のほうが敏感なんだよな。なぜか」

指先が先端をつまむ。きゅっと力を入れられ、より身体が引きつる。反応を楽しむように丹念に転がされ、私は切ない吐息をついた。

空いた左手が私のウエストから下腹部に伸びるのを止めることができない。探り当てる指先に、早くもその部分が期待でしびれてくる。

「お湯の中でもわかる。ここ、熱くて溶けそう」

「んっ……やめて。……まだ身体洗って……ないし」

「関係ないよ」

低くささやかれ、私は泣きそうな声を漏らした。

中指が奥深くを探る。人差し指はずらして、突起を執拗《しつよう》にいじる。私は荒い息を呑み込み損ね、愛撫に震えた。お湯の中でなければ、いやらしい音が溢れていただろう。

「元……希……やぁ……ああ」

「すごく物欲しそうにしてるけど、いいの？　どうしてほしいのか、きちんと言えよ」

気持ちのモヤモヤは消えていないのに、元希の唇も指も心地よすぎて抵抗できない。

私の不機嫌を心配しながらも、こんなふうに強制的に逆らえなくしてしまう元希は、ずるい。

「やだっ……元希のバカ……」

「そんなこと言うと本当にやめるぞ。中途半端はつらいと思うけどな」

「あっ」

元希が両手とも、するりと私から離す。呆気なく離れた手に、思わず声がこぼれてしまう。

ひどい。執拗にいじめておいて、いきなり放りだすなんて。なにがなんでも私からねだらせたいんだ。

首をねじり、恨みがましく元希を睨む。

なんてやつだ。私をいじめるの、そんなに楽しい？

すると、彼が目元にキスをしてきた。

「ダメだ。アヤが可愛いから、こっちが我慢できなくなった」

「あっ！　元希っ！」

両手があっという間に元の位置へ。再び私の身体を這いまわり始める。

「アヤ、言いたいことは全部はっきり言って」

元希が耳に唇で触れる。官能的な声音に落ちてしまいそう。

私は自分から彼にねだってしまうことが恥ずかしく、精いっぱい唇を噛みしめ首を左右に振った。

「まあいいか。アヤになにか言いたいことがあるなら、言わせるまでだから」

元希は甘くささやいて、私が降参するまで意地悪な指先を休ませてはくれない。

「お願い……、これ以上焦らさないで」

ついに私が声を震わせ懇願すると、彼は優しく私の頬にキスをした。

湯船の中、後ろから抱きすくめられ、元希を受け入れた。

「アヤ、可愛い。もっと声聞かせて」

「ああ……元希ぃ……」

元希の誘惑は成功だ。

ちゃぷちゃぷと跳ねる水面。私は律動に身を委ねながら、先ほどまでの胸の詰まりを、心の隅へ追いやっていった。


「そっか～、それでモヤモヤしてるんだね～」

目の前に出されたコーヒーマグを手にする。涼子がシュークリームを皿に乗せて、キッチンから現れる。私と努くんの前に置き、自分のマグと皿を持って戻ってくると、ソファに落ち着いた。

私は涼子の隣でうつむく。

「想像以上に大々的なお式の計画で……ちょっと引いちゃった。嫁の覚悟が足りないよね」

「うーん、覚悟っつう問題かな？　私でもドン引くと思うけど。そんな一大スペクタクルには」

涼子は顔を引きつらせて笑っている。

本日は土曜日。元希とは別行動の私は金村家にやってきている。元希は来春から勤務するアデレードホテルで営業研修を受けるため、土日は留守が多い。本日も夕方まで帰らないようだ。

私はというと、昨夜の打ち合わせの内容を、こうして涼子と努くんを前にぼそぼそ愚痴っているわけなんだけど。

「涼子と努くんのお式はあったかい感じでよかったなぁ。ご家族と会社の人が少しで、アットホームでさ」

「そりゃ、私たちは入社二年目でお金がなかったからよ。身の丈に合う式だとあんな感じなの」

涼子たちは結婚三周年を迎えた。いまだに新婚ムードたっぷりのふたりは羨ましいくらいだ。出会ってから四年が過ぎているのに、倦怠期なんてなさそう。

「自分たちでまかないたくて、いろいろ手作りしたっけなぁ。最近よくある、自己資金は少なめでご祝儀で全補填……みたいなケチな式はしたくなくてさ。せっかくお祝いに来てくれる人たちに満足してほしくて」

「涼子は頑張りすぎて、熱出したんだ。式の一週間前に」

向かいのひとりがけのソファから、努くんが真顔で口を挟む。涼子が慌てて言い添えた。

「どーっしてもトレーンの長いベールが被りたかったの！　でもレンタルは全部高くて。ブーケのフラワーアレンジメントも自作だし、ベールも作ったれーってなったんだよ！」

「涼子、確かに頑張りすぎ。招待状もウエルカムボードも涼子のお手製だったし、お見送りのプチギフトも涼子手作りのクッキーだったよね。あれ、幸せな気持ちになった。涼子と努くんのお式は、みんな笑っていてすっごく素敵だったなぁ。一生忘れないよ」

私が熱心に褒めると、涼子が照れ笑いする。へへーっと頬を赤くしている涼子を穏やかに見つめる努くん。

うーん、この光景だけで『ごちそうさま』な気分。

涼子はあと何年か仕事をして、地盤を固めてから妊活をしたいと希望している。努くんはそんな涼子の意思を尊重している。

この夫婦はいつだって、涼子が先に発言や行動をして、努くんはそれを万全の態勢でサポートする。勢いの強い涼子の軌道修正をしたり、くたびれすぎないようにストップをかけてあげたりする努くんは、頼りになるカッコいい旦那様だ。

いいなぁ。ベストマッチングっていつか涼子は言ったけど、その意味が今はよくわかる。

私と元希はどうなんだろう。

昨日、私が抱いていた違和感を、元希はわかっているのかな。

彼は、さも当然といった顔をしていたし、私ひとりが困惑しているみたいだった。

こういった部分で共感し合えないって、ちょっと悲しいかも。

いや、そもそも結婚式は、元希のおうちの格に合わせてやるわけだから、私が口出しできることはない。違和感を共有できるかなんて、考えたってどうにもならないことだ。

それでも、思わず呟いてしまった。

「私たちの式はどうなっちゃうんだろう」

「格差婚だよね、考えてみたら」

涼子がぼそっと言う。

うう、それはしみじみと実感しております。

両親も元希の素性を知ったときは三回くらい聞き返してきたし、妹なんか『玉の輿かよ！』と幾分嫉妬交じりのチョップを食らわせてきたし……。

庶民がお金持ちに嫁ぐって、大変だよね。世のシンデレラストーリーを全部検証してほしい。

先輩シンデレラたちよ。みんな、こんな感覚のズレを感じながら受け入れちゃって結婚したわけ？　その辺、どーなのよ！　教えてほしいよ！

「贅沢な結婚式、セレブな生活……憧れる女子は多いけど、実際問題、面倒な部分のほうが多いかもね。本人たちもそうだし、家族は双方親戚になるわけだから、今後いろんなことで感覚のすり合わせをしていかなきゃだよね。たぶん、それは嫁になる文の仕事だろうけど」

涼子から、私の心を読んだかのような的確なお言葉。

は‼　そうか、これってまだ序章なんだ！

結納と結婚式で、おうち格差、夫婦格差を存分に感じて終わりじゃない。今後の人生のイベントひとつひとつに、この苦労がつきまとうってことだ。

仕事のイベント、家族のイベント……子どもが生まれたら、通過儀礼やら教育方針やらいろいろあるよねぇ。

「文ー、文さーん」

私がすっかり固まってしまったので、涼子が慌てだす。

「大丈夫だよ、結婚なんてどこのおうちでも面倒なんだから。愛があれば万事ＯＫ！」

私と涼子のやり取りを見守っていた努くんが口を開いた。

「古町は、俺たちに話したようなことを青海に言ってんのか？」

「……言ってない」

昨夜はそれどころじゃなくなっちゃったし、そもそもあの時点で、私は元希に言う気がなかった。

だって、元希にとっては結婚式も大事な職務上のイベントだ。

アデレードホテルの後継者として、グループ企業内で周知はされているけれど、いよいよ中枢で役職に就くのだ。そのお披露目にあたる結婚式は重大な意味を持つ。

家庭を持つことが社会的信用に繋がるというのは、古い考え方だと思うけれど、実際、私たちの親以上の世代では根強い意識だろう。

結婚式は元希のイベント。私のイベントじゃない。

私は精いっぱい綺麗で聡明《そうめい》なお嫁さんになって、ただニコニコしていればいいんだと思う。

……ああ、なんだかなぁ。気づいちゃった。

私、この部分がまだ納得いってないんだ。

幼稚な考えだとはわかっているけれど、結婚式って自分たちのものだと思っていた。

大好きな人たちに、一番幸せな瞬間を祝ってもらう場だと思っていた。

決まりつつある式は、私の理想の結婚式にはならない……。

「青海に、言いたいことは言ったほうがいいぞ。結婚はお互いの協力と努力だからな。怠るとうまくいかない」

「やだ、努くん、カッコいいこと言う！」

涼子がクネクネしながらウフフと笑っている。

はいはい、ラブラブですね。

でも、結婚生活の先輩の言葉は重みがある。努くんの言うとおりだ。

私は「うーん」と曖昧に頷いておいた。

元希に式の不満を言ったところで、困らせることは目に見えているんだよなぁ。それなら、私が我慢するのも嫁の務めじゃないかなぁ……なんて。


すっかり長居をしてしまい、金村家を出たのは夕刻。

これから電車に乗って帰って、買い物して……。夕食がノープランだ。

あ、でも先週は親睦会だなんて言って、元希は遅かった。

スマホを取りだすけれど、連絡は入っていない。……一応、用意しておこう。

駅までの足取りは自然とトボトボ。

結婚って幸せなものだよね。それなのに、勝手にダークなイメージにしちゃって、嫌な女ですよ、私って。苦労ばっかり数えてたって仕方ないのにね。

いいじゃない。元希を支えるって決めたんだから、結婚式だって結婚生活だって、広い心で受け入れちゃえばいいんだ。

自分のこだわりなんか捨てるべきなんだ。

でも、私の乙女心がどこかで泣いている。

一生に一度の結婚式なのに、ビジネスライクに豪華で派手な式にしちゃっていいの？　私が本当に望むハッピーウエディングは違うんじゃないの？

はぁ、情けない。それを元希に言って困惑する顔を見たくないっていう、弱虫な気持ちもまた情けない。

「文さーん」

後ろから声が聞こえる。

ん？　知ってる声が私を呼んでる。

振り向くと、そこには信号待ちの白のセダンタイプのハイブリッド車。助手席から身を乗りだし、手を振りまくる毬絵さんがいた。

「毬絵さん、危ない！　危ないから、引っ込んで！」

迫りくる乗用車はハザードをたいて私の横に停車し、助手席のドアが中から勢いよく開いた。

「文さん見っけ。どうしたの、こんなところで。ひとり？」

毬絵さんが大きなお腹をよっこらしょと支え、車から降りてくる。運転席から安島部長が声をかけてきた。

「転ぶなよ！　……古町さん、急にごめんな。驚いただろう」

はい、驚きました。全力で窓から身を乗りだす妊婦を見たのが理由なんですけど。

「私は友人の家からの帰り道です。元希は仕事で。おふたりは？」

私が答えると毬絵さんがウフフと笑う。

「出産前のデート！　テーマパーク行ってきて、これからごはんなんだ」

毬絵さんは来月、第一子の男の子を出産予定だ。今は会社も産休中。第一営業部の女性課長はすっかり優しいママの顔になっている。

「古町さん、よければ一緒に食事はどうかな」

運転席から安島部長が言う。私はぶんぶんと首も手も振りまくった。

「とんでもない！　デートの邪魔はできません！　すぐさま退散します！」

「ええ～、食事くらい、いいじゃない。宗兵衛《そうべえ》さんの懐石だから、もう一食分なんてすぐに融通してくれるわ」

宗兵衛は薗田一家御用達《ごようたし》の和食の老舗《しにせ》。

確かに毬絵さんパワーなら即言うこと聞いてくれそうだけどさー。

セレブ挙式でげんなりしてる私は、おうちでカップ麺とかすすりたい気分です。

ああ、本当に私って我儘《わがまま》！

「……今日は元希に、ハヤシライスを作るって約束をしてまして……」

私は家にある材料で作れる元希の好物を挙げてみた。

安島部長がふっと笑う。

「それじゃ、マンションまでは送らせてよ」

恐縮しつつ、これ以上断りの言葉を選ぶのも忍びないので、頷いた。

後部座席に乗り込むと、安島部長運転の車は滑らかに発進する。

「文さん、そろそろ結婚式の準備が始まってるんじゃない？」

助手席の毬絵さんの、なんの悪気もない言葉に、私は苦笑いしかできない。ちょうど、そのことで悩んでいたとは言えない。

「えーと、結構盛大な感じになりそうで……毬絵さんたちのお式みたいになるんじゃないでしょうか」

昨年の毬絵さんと安島部長の結婚式も、豪華絢爛《ごうかけんらん》だったのを覚えている。なにしろ、薗田エアサポートの次期社長夫妻の結婚式だもん。

アデレードホテルの、私たちも使うらしい鳳の間で執り行われたのは、華やかでラグジュアリーで、完全に別世界のお式だった。

「あら、たぶん元希と文さんのお式のほうが、規模的には大きくなると思うわよ」

「え？　そうですか？」

「そうよー。帝国航空のグループ企業ではアデレードがトップだもの。最大規模でやらないと、示しがつかないわ」

そうなんだ。私は、毬絵さんのお式や、お婿に行った大士朗のお式を見て、自分の結婚式を想像していた。どちらも充分すごかったのに、私たちの式はさらに大きなものになるなんて。

「いやあ、俺は正直あのノリは苦手だな」

運転席から安島部長が言う。

「仰々しくて、けばけばしくて……俺はもっとこぢんまりとやりたかったよ、結婚式は……ってごめんね、古町さん。これからお式挙げるのにね」

「いえ、私も……そんな感じなので」

頷きながらも、意外だった。安島部長がそんなふうに思っていたなんて。

横から毬絵さんが憤慨したように言う。

「嫌なら教えてねって最初に言ったじゃない、もーっ」

「ちゃんと話したって。白馬で登場と、クラシックカーで空き缶ガラガラいわせながら走り去る演出は勘弁してくれって。あと、有名パティシエが作るっていうふたりの立像ケーキ。あれも絶対嫌だって言った」

なだめるように言う安島部長の言葉が面白くて、ついくすっと笑ってしまう。

立像ケーキって……カットのとき、どうするつもりだったんだろう。やめておいて大正解だと思う。

「薗田エアサポートを継ぐ人間の結婚式が、業務の一環だってことは知ってるよ。俺はその中で最大限、自分の意見は言わせてもらった。脚の悪いおふくろの移動は少なくしたいとかさ、若い弟たちの飯は超大盛りにしてくれとかさ。規模の文句は言ってみたものの、中身はちゃんと納得してるし、満足してるよ」

安島部長がバックミラー越しに私を見る。

「古町さん。俺ね、結構貧乏なおうちの出なんだよね。親父が早くに死んじゃって母子家庭だったし、弟も三人いてさ。大学も奨学金もらえなかったら行けなかった」

「……そうなんですか」

安島部長は毬絵さんより八つ上だ。見た目は眼光こそ鋭いものの、育ちのよさそうな四十代紳士だ。とても苦学してここまでのぼりつめた人には見えない。

「でも毬絵は、俺も、俺の家族も対等に見てくれる。薗田社長もそう。だから、俺は卑屈にならず、自分の主張はきちんと口にするようにしてるよ。遠慮してたら、対等じゃないだろ？」

私がなにか言う前に、毬絵さんがきょとんとした顔で答える。

「当然じゃない。だって、洋司は私の旦那様だもの」

たぶん、安島部長の言葉を本質的な意味で理解できたのは、この瞬間は私だけだろう。なにしろ、この境遇的な戸惑いは、毬絵さんには理解しえない。同じ立場の私にだけ向けられた言葉だ。

すごいな、安島部長……なんで私が戸惑ってることに気づいたんだろう。

社内一の切れ者と社長令嬢。

このふたりが恋愛結婚であることを知る人は少ない。安島部長に恋してしまったのは自分だって、いつか毬絵さん本人が教えてくれた。毬絵さんが夢中になってプロポーズしちゃった気持ちが、こうして話してみるとわかる。

安島部長は、人を見る目がずば抜けてるんだ。

「なんだか、頭がスッキリしちゃいました」

私が言うと、安島部長が今度はバックミラー越しに微笑んだ。

「それはよかった！」

「結婚式の準備が楽しみになってきたかもしれません」

安島部長は満足そうに頷き、毬絵さんはやっぱりきょとんとしながら答える。

「え？　なんで？　結婚式は楽しみでしょ、最初から。私は準備から本番まで楽しかったように記憶してるけど」

私はそんな毬絵さんが可愛らしくて笑ってしまった。


マンションの前で、毬絵さんと安島部長にお礼を言って別れた。十五階の私たちの部屋の鍵を開けると、靴と明かりですでに元希が帰っていることがわかった。

「ただいまー」

思いきって奥に声をかけると、リビングから元希が顔を出した。

「おかえり。なー、夕食まだだろ？　弁当買ってきちゃったから食べようぜー」

ジャンクな感じで済ませたいと思っていたら、なんて偶然。

私は頷きながら、靴を脱ぐ。

元希が買ってきてくれたのは、めんたいコロッケ弁当。私の好物をきちんと押さえている。彼自身は大盛り唐揚げ弁当だ。

「また唐揚げ?」

「いーじゃん、好きなんだよ。ってか、厳密には期間限定チーズ唐揚げ弁当」

「はい、どうでもよし」

本当にこの御曹司、庶民的すぎて普段は全然、世界の違いなんか気にならないのに。

お茶を淹れ、まだ温かいお弁当を向かい合って食べた。

「お勉強、進んでますか?」

「まあまあ。そっちは?　金村夫妻んち、どうだった?」

「ふたりはいつもどおりだよ。ラブラブですわ。帰り道、毬絵さんと安島部長に会ったの。送ってもらっちゃった」

「そうなんだ。じゃ、俺からもお礼言っとく」

私は箸を止めた。さっきもらったばかりの勇気を出さなきゃいけない。

自分がどうしたいかきちんと言うんだ。それが叶う、叶わないの前に、主張をする。

抑え込んでモヤモヤして、顔色を窺ってるほうが、元希に悪い。

「あのね、元希」

「アヤ。結婚式のことでさ、ちょっと相談」

「え⁉」

先手を打たれた……いや、私が言おうとしていたことを先読みされたような感じだ。

しかも、相談の内容がまったく見えない。見当がつかない。

「食べたら、ここ片づけて話させて」

そう言うと、元希はがつがつとお弁当を平らげる作業に没頭する。

話ってなんだろう。っていうか、さっきのタイミングはやっぱり私の話を阻止した格好だよね。

なにか嫌なことだったらどうしよう。

やっぱ結婚やめるとか……ないないないない！　絶対ない！

……とは言いきれない。うわぁ、一気に暗い想像しちゃったよ。

「早く食べちゃえよ」

「せ……急《せ》かさないで」

食欲が失せたとは言えず、私は無理やりコロッケとごはんを飲み込んだ。

食べた気がしないような夕食後、がさがさとゴミを片づけ、お茶を淹れ直す。

改めて向かい合うとドキドキした。なにを言われるんだろう。

一瞬走る緊張。

すると場の空気を崩して、元希がクリアファイルをふたつ取りだす。

「こっちは昨日の打ち合わせの分な。で、もう一個、こっち見て」

彼に渡されたクリアファイル。その中の資料の表題に驚いた。

【藍沢様　古町様　挙式プラン】

「元希、これなに？」

「俺たちの結婚式の資料」

「はぁ？」

私は変な顔をしながら資料をめくる。そこには、昨日話し合ったものとはまるで違う内容が記されている。

「軽井沢《かるいざわ》高原アデレードロイヤルチャペルにおいて神前式。列席者は約四十名。親族、友人のみ。チャペル中庭で披露パーティー。……なに、この内容」

「相談ってのは、これ。アヤにプレゼントしたいんだ、この挙式プラン」

資料から顔を上げると、元希が頬杖《ほおづえ》をついて私を見ていた。少し困ったように微笑みながら。

「アヤは、昨日プランニングしたみたいな派手な結婚式は好きじゃないだろ？　おまえが望むのは、家族と親しい友人だけのアットホームな結婚式。それはわかってるんだ。でも、俺の立場上、地味婚でお茶を濁せないっつうのもある。……で、考えた」

「元希……」

「結婚式、二回しよう。アヤが本当に望む挙式と披露パーティーを一回。あとは俺の付き合いになる挙式と披露宴をアデレードで一回。おまえの人生の大イベントを俺の都合で奪うんだから、罪滅ぼしさせてくれ」

まるでプロポーズみたいに、熱心な言葉だった。

元希の相談……それは、私に最大限配慮した提案。

結婚式を二回もするなんて……。

私はおずおずと元希を見上げる。

「いいの？　そんな、もったいないことして……」

「いやあ、ひとり息子で御曹司なもんで。たまには〝らしい〟金の使い方をしておこうかなと」

「アデレードに移る時期に重なるよ。式の準備と新しい仕事で、くたびれちゃうよ」

泣きそうな声で言うと、元希がテーブルの向こうから手を伸ばしてきた。くしゃっと私の髪を撫でる大きな手。

「そのために、今からちょいちょい頑張ってるんだよ。支障なんかきたすか、バーカ」

憎まれ口でも元希は優しい。鼻の奥が痛くなり、目がじんわり熱くなる。私は慌てて唇を噛みしめた。

「アヤにとって、豪華でセレブだらけのつまらない式が嬉しいはずないもんな。案の定、昨日なんかプランナーさんの話の途中からポカン顔だったじゃねーか」

髪を撫でていた手が拳骨《げんこつ》に変わり、こつんとおでこに一発。

うっ、バレてましたか。

私的にはめちゃくちゃ聞いてるつもりだったんだけどなぁ。確かに目も耳も滑りまくりだったかもなぁ。

「エッチしながら『言いたいことは？』って聞いても、きちんと本音言わないし」

「え？　昨日のあれって、そういう意味だったの？」

私はてっきり、エロスな意地悪をされてるもんだと思ってましたけど。

「身体をぐずぐずにほぐしたら、心もほぐれるかなって。……ああ、うまいこと言ってみようかと思ったんだけど、やっぱ訂正。はい、ほとんど俺の欲求でした。アヤの反応が可愛くって、意地悪しました」

でへへとエロ親父よろしく笑う元希を、じろっと睨んでみる。

ほらー、やっぱりそうじゃん！

でも、元希が考えていてくれたことに胸が熱くなる。私のことを気遣って、いつから計画してくれていたんだろう。昨日今日じゃないはずだ。

私は立ち上がった。

テーブルを回り込んで元希の前に立つ。

「ウエディングドレス、自分で選んでいい？」

「いいよ」

元希が余裕の笑顔で私を見上げる。

「うちのお父さんとバージンロード、歩いてもいい？」

「もちろん」

「ブーケプルも、ファーストバイトもアリ？」

考えるように首を傾げてから、まあいいやという表情になり、「うんうん」と頷く元希。

「ブーケプル？　引っ張るやつか。投げないバージョンな。なんちゃらバイトっつうのもOK。どんどんやってくれ」

そこまで答えさせてから、私は元希の首に腕を回し、抱きついた。椅子の上で彼が体勢を崩してよろめき、どうにか持ち堪《こた》えた。

「アーヤー！　急すぎ！　後頭部から転げ落ちるところだった！」

「元希っ！　大好き！」

我慢していた涙が溢れてきた。

元希が一番、私を理解してくれていた。世界が違う、通じ合えないかも、なんて思っていた自分が恥ずかしい。

元希はこれほどに私を見てくれている。

「言えなかったの。勝手に遠慮して、自分の気持ちに蓋をしてた。今日は、ちゃんと結婚式に対する自分の気持ちを言うつもりだった」

「そしたら、俺が先まわりの提案しちゃったってこと？」

元希が笑う。その振動が伝わり、私も笑ってしまう。

「そのとおりです！　元希、王子様すぎるんですけど。惚れ直したよ」

「おーおー、おまえは一生俺に惚れてろ」

「ダーメ、そんな取ってつけたようなイケメン的セリフ言っても」

彼の首筋にぐりぐりと顔をこすりつける。

元希の香りだ。幸せでドキドキする香り。

彼が私の身体をぐっと引き起こす。それから、いたずらをするような瞳で私を見つめた。

「じゃあさ、頑張ってる王子様にちょっとサービスして」

「ん？　サービス？」

「いつかさ、大士朗を騙そうって、本社の大ミーティングルームでイチャついてみせたの覚えてる？」

覚えてるに決まっている。元希への恋心に気づく前の私は、彼の膝の上でとんでもないドッキリに参加させられたのだ。

考えてみたら、好きでもない女にあんなことねだるやつなんかいないっていうのに。

私って本当に鈍感だったんだなぁ。

改めて思い出し、頬を熱くしていると、元希が言った。

「俺の膝の上、またがって」

情熱をはらんだ茶色の瞳が私を射抜く。

「元希、私……スカート」

「いいじゃん」

よくないです。恥ずかしいです。

困っている私を引き寄せ、半ば抱え上げるように膝に乗せてしまう元希。私はスカートなのに、彼の両腿にまたがり、向かい合う格好になる。

付き合って二年になるけれど、こういう予想外のことをされると、心臓が爆発しそうになる。

ああ、私、元希に翻弄されっぱなしだ。

元希の顔が近い。そのいたずらでもしそうな表情に、どうしようもなく身体が熱くなる。

「とりあえず、キスして」

元希に言われ、私は眉をハの字にした。

「とりあえずってことは、他にもなにかさせられるの？」

「当然。こんなエロい体勢になっておいて、楽しまなかったら損だろ」

「ええ～」

否定的な声を上げた瞬間、元希に唇を奪われた。

私からしてほしいんじゃなかったの？

下唇を甘く噛まれ、私が口を開くと、さらっと唇が離れていく。

「元希……？」

「今のはお誘い。本番はアヤからして」

色っぽい低い声。その声が格別に好きだって、知っていてやってるでしょう。

私は吸い込まれるように元希の唇に口づけた。厚めの下唇を挟み、丹念に重ね合わせる。精いっぱい舌を伸ばし、元希の粘膜を舐め上げるけれど、余裕なのか彼は反応を返さない。

ムキになって煽情的《せんじょうてき》なキスを繰り返す。

元希の指先が私の背や首筋をくすぐる。ピリッとした緊張感と、背筋を震わせる期待。身体の奥がじわじわと疼く。

「元希……世界で一番好き」

キスの合間にささやくと、元希が答えた。

「好きの年季は俺のほうが」

彼の手が私のブラウスのボタンを外し始める。私はその手に抗《あらが》わず、唇同士を寄せ直す。

意地悪な同居人は、とびきりの王子様。
私を最後の恋に目覚めさせてくれた。
甘いキスは終わらない。王子様はこれから最高の旦那様になるのだ。
最高のお嫁さんになれるように頑張るから、ずっと一緒にいようね。
元希の髪に夢中で指を梳き入れ、私はたっぷりと王子様のキスを味わった。

End

あとがき

『イジワル同期とルームシェア⁉』をお手に取っていただき、ありがとうございます。砂川雨路と申します。

同期同士の清く正しくはいられないルームシェアストーリー、楽しんでいただけましたでしょうか？

今回はいきなりヒロインが御曹司に振られるという、王道無視な展開から始めてみました。当然のようにイケメンで意地悪なヒーローが拾ってくれるわけですが、なかなか恋が進まずやきもきされたのではないでしょうか。鈍感ヒロインの文には、作者もヒーローの元希もたっぷり手を焼かされました。その代わりといってはなんですが、番外編は元希に翻弄される文を、甘めに書かせていただきました。ニヤッとしていただけたら嬉しいです。

シンデレラストーリーは女子の憧れです。でも、現実にお金持ちでイケメンの王子様と出会う確率はどのくらいでしょう。少なくとも、私は出会えていません。残念。

でも、ふと隣を見たら、心から愛してくれる男性はいるかもしれない。彼を愛するために一歩踏みだしたら、世界は大きく変わるかもしれない。もしかすると、ちょっとしたサプライズだってあるかもしれない。

そんな身近でかけがえのない存在のお話を書きたかったのですが……伝わっているか、自分の筆力が心配だったりします。


最後になりましたが、本作にご尽力いただきました皆様に御礼申し上げます。

キュートで甘々なカバーイラストを描いてくださった弓槻みあ様、デザイナーの金子様、一緒にたくさん悩んでくださり、いつもお世話になりっぱなしの担当の三好様、矢郷様、本当にありがとうございました。

本作を小説サイト『Berry's Cafe』から応援くださった読者様、可愛い表紙に惹かれてお手に取ってくださった読者様、心より感謝申し上げます。

「ママ、絵本作るの頑張ってね」と勘違いしながらも励ましてくれた子どもたちと、理解ある夫にも感謝をしまして、筆を置かせていただきたく思います。

また、お会いできますよう、執筆頑張ります！

砂川雨路《すながわあめみち》

砂川雨路先生への
ファンレターのあて先

〒104-0031
東京都中央区京橋1-3-1
八重洲口大栄ビル7F
スターツ出版株式会社　書籍編集部　気付

砂川雨路

本書へのご意見をお聞かせください

お買い上げいただき、ありがとうございます。
今後の編集の参考にさせていただきますので、
アンケートにお答えいただければ幸いです。

下記URLまたはQRコードから
アンケートページへお入りください。
http://www.berrys-cafe.jp/static/etc/bb

イジワル同期とルームシェア!?

2016年2月10日　初版第1刷発行

著　者　砂川雨路
©Amemichi Sunagawa 2016

発行人　松島 滋

デザイン　hive&co.,ltd.

DTP　説話社

校　正　株式会社　文字工房燦光

編　集　矢郷真裕子　三好技知（説話社）

発行所　スターツ出版株式会社
〒104-0031
東京都中央区京橋1-3-1　八重洲口大栄ビル7F
TEL　販売部　03-6202-0386（ご注文等に関するお問い合わせ）
URL　http://starts-pub.jp/

印刷所　大日本印刷株式会社

Printed in Japan

乱丁・落丁などの不良品はお取替えいたします。
上記販売部までお問い合わせください。
定価はカバーに記載されています。

ISBN 978-4-8137-0059-3　C0193

ベリーズ文庫 好評の既刊

『俺様紳士の恋愛レッスン』 桜《さくら》未《み》都《と》・著

OL・円華は、仕事で知り合った人事コンサルタント・片柳のクールな紳士姿に一目惚れ。しかし偶然出会ったプライベートの彼は、超ドSで俺様だった！「お前は俺の言うことだけ聞いてろ」でもイジワルな彼の内に秘められた、甘い優しさを知って、そのギャップに円華は翻弄され…!?

ISBN 978-4-8137-0045-6／定価：本体650円＋税

『焦れ恋オフィス』 惣領《そうりょう》莉《り》沙《さ》・著

建設会社のOL・芽依は、社内一のイケメン同期・夏基に片想い中。同期の中でも特別仲の良い二人だが、モテる彼の恋人になれるわけがないと思い込んでいる芽依。ついに身をひくことを決意し、彼と距離を置き始める。すると夏基から「俺はお前を離したくない」といきなり抱き寄せられて…!?

ISBN 978-4-8137-0046-3／定価：本体660円＋税

『腹黒王子の取扱説明書』 滝井《たきい》みらん・著

ワケあってホステスのバイトをしているOLの麗奈。ある日、社長の息子でアメリカ帰りのイケメン専務・長谷部にそのことがバレてしまう。その途端、優しい王子様風の彼の態度が豹変！挑発的なキスをされ、腹を立てる麗奈だったけど、困った時にいつも助けてくれる彼に、次第に心揺さぶられていき…？

ISBN 978-4-8137-0047-0／定価：本体650円＋税

『この恋、国家機密なんですか!?』 真《ま》彩《あや》-mahya-・著

旅行添乗員の唯は「お前をいじめていいのは俺だけ」と豪語する俺様な官僚・篠田と2年も付き合っているのに、彼の住所も電話番号も知らない。何度聞いても「仕事上の制約で話せない」と言われるばかりで不安を抱えていた唯だけど、ある大事件に巻き込まれ、予想外の彼の正体を知ることに…!!

ISBN 978-4-8137-0048-7／定価：本体640円＋税

ベリーズ文庫 2016年2月発売

『ウェディングロマンス』 水守《みずもり》恵蓮《えれん》・著

地味なOL萌は、営業部のホープで憧れのイケメン響と、まさかの電撃結婚！ でも式の誓いのキスは頬に誤魔化され、寝室は別…と予想外の新婚生活。不安になる萌に響が「俺は、誓うよ。萌だけに」と意外な本心を明かし、唇にキスをしてきて…？ 第4回ベリーズ文庫大賞大賞受賞作。

ISBN 978-4-8137-0056-2／定価：630円＋税

『強引上司の恋の手ほどき』 高田《たかだ》ちさき・著

恋愛初心者の千波は、人生初の彼氏と上手くいかず悩んでいた。すると「お前の悩み、俺が解決してやるよ」と経験豊富なイケメン課長・深沢が〝恋愛指導〟してくれることに。〝デートの練習〟と称して恋人のように接する彼にドキッとしてしまう。気づけば彼の敷いた恋のレールにのせられて⁉

ISBN 978-4-8137-0057-9／定価：650円＋税

『S系紳士と密約カンケイ』 御厨《みくりや》 翠《すい》・著

ホテルで働く柚は、誕生日前に彼氏にフラれヤケ酒。翌朝目覚めると、隣には見知らぬイケメンが！ 見るからに上流階級な男・佐伯は、介抱した代償として「身体で詫びてもらう」と柚に家事の世話係を命じる。最初は罰ゲーム気分の柚だったが、彼のオトナな魅力にいつしか翻弄されて⁉

ISBN 978-4-8137-0058-6／定価：660円＋税

『イジワル同期とルームシェア⁉』 砂川《すながわ》雨路《あめみち》・著

同棲していた恋人にフラれ、貯金もない文《あや》は、営業部のエースである同期・青海の提案で、周囲に内緒で同居することに。でもその条件は、彼が将来結婚するときの練習相手として〝仮想嫁〟を演じること！ 〝ただの同期〟と思っていたのに、必要以上に甘やかしてくる彼に、毎日ドキドキさせられて…‼

ISBN 978-4-8137-0059-3／定価：650円＋税

『俺様編集者に翻弄されています！』 夢野《ゆめの》美紗《みさ》・著

恋愛小説家でありながら、恋とは縁遠い日々を送っている悠里。ある日、出版社から突然担当編集者が変わると告げられ…現れたのは、NY帰りのイケメン敏腕編集者・氷室だった。喜ぶ悠里だったけど、超ドSで強引な彼に振り回されっぱなし！ でも、甘いアメとムチを使い分ける氷室に惹かれ始めて…？

ISBN 978-4-8137-0060-9／定価：650円＋税

書店店頭にご希望の本がない場合は、書店にてご注文いただけます。